大家小书

英美现代诗谈

王佐良 著
董伯韬 编

北京出版集团公司
北京出版社

图书在版编目（CIP）数据

英美现代诗谈 / 王佐良著；董伯韬编. — 北京：北京出版社，2018.2（2024.8重印）
（大家小书）
ISBN 978-7-200-13275-5

Ⅰ.①英… Ⅱ.①王…②董… Ⅲ.①诗歌欣赏—英国②诗歌欣赏—美国 Ⅳ.①I561.072②I712.072

中国版本图书馆CIP数据核字（2017）第236084号

总 策 划　安　东　高立志
责任编辑　高天航

· 大家小书 ·

英美现代诗谈

YING-MEI XIANDAISHI TAN

王佐良　著　董伯韬　编

*

北京出版集团公司
　　　　　　　　　　出版
北　京　出　版　社
（北京北三环中路6号　邮政编码：100120）
网　　址：www.bph.com.cn
北 京 出 版 集 团 公 司 总 发 行
新　华　书　店　经　销
北京华联印刷有限公司印刷

*

880毫米×1230毫米　32开本　8.75印张　150千字
2018年2月第1版　2024年8月第3次印刷
ISBN 978-7-200-13275-5
定价：59.00元
如有印装质量问题，由本社负责调换
质量监督电话：010-58572393

总　序

袁行霈

"大家小书",是一个很俏皮的名称。此所谓"大家",包括两方面的含义:一、书的作者是大家;二、书是写给大家看的,是大家的读物。所谓"小书"者,只是就其篇幅而言,篇幅显得小一些罢了。若论学术性则不但不轻,有些倒是相当重。其实,篇幅大小也是相对的,一部书十万字,在今天的印刷条件下,似乎算小书,若在老子、孔子的时代,又何尝就小呢?

编辑这套丛书,有一个用意就是节省读者的时间,让读者在较短的时间内获得较多的知识。在信息爆炸的时代,人们要学的东西太多了。补习,遂成为经常的需要。如果不善于补习,东抓一把,西抓一把,今天补这,明天补那,效果未必很好。如果把读书当成吃补药,还会失去读书时应有的那份从容和快乐。这套丛书每本的篇幅都小,读者即使细细地阅读慢慢地体味，也花不了多少时间，可以充分享受读书的乐趣。如果把它们当成补药来吃也行，剂量小，吃起来方便，消化起来也容易。

我们还有一个用意，就是想做一点文化积累的工作。把那些经过时间考验的、读者认同的著作，搜集到一起印刷出版，使之不至于泯没。有些书曾经畅销一时，但现在已经不容易得到；有些书当时或许没有引起很多人注意，但时间证明它们价值不菲。这两类书都需要挖掘出来，让它们重现光芒。科技类的图书偏重实用，一过时就不会有太多读者了，除了研究科技史的人还要用到之外。人文科学则不然，有许多书是常读常新的。然而，这套丛书也不都是旧书的重版，我们也想请一些著名的学者新写一些学术性和普及性兼备的小书，以满足读者日益增长的需求。

"大家小书"的开本不大，读者可以揣进衣兜里，随时随地掏出来读上几页。在路边等人的时候，在排队买戏票的时候，在车上、在公园里，都可以读。这样的读者多了，会为社会增添一些文化的色彩和学习的气氛，岂不是一件好事吗？

"大家小书"出版在即，出版社同志命我撰序说明原委。既然这套丛书标示书之小，序言当然也应以短小为宜。该说的都说了，就此搁笔吧。

含英咀华——读王佐良先生《英美现代诗谈》

董伯韬

"良铮过早地走了,我们还在读着穆旦的诗",多年前,我曾为这素朴的语言击中,那宁谧里磅礴的叹惋令人心折。

今天,写下这行文字的王佐良先生也走了,而我们仍在读着王公(同辈和晚辈学人都习惯这样称他)的书。

一

一九一六年,王公出生于浙江上虞。在散文《浙江的感兴》中,他回忆起幼时的情形,说:"我很想追怀自己在浙江的童年,却只记起了一些片断:随着母亲去一个庙里看初期的电影,去曹娥江头看潮水,随着小舅舅到河埠头石桥边的馆子里吃馄饨,那样好吃的馄饨,后来似乎再也没有吃到过。"

王公的父亲曾在武汉一家小公司任职。故而，他的小学和中学分别就读于汉口的宁波小学和武昌的文华中学（Boone School）。文华中学是一所由英美圣公会等基督教派开办的教会学校，除国文用汉语授课外，该校包括体育、音乐在内的几乎所有课程都是以英语讲授的。王公在文华度过了五年时光（一九二九——一九三四），不消说，这为他的英语奠定了坚实的基础。一九三五年，他考入清华大学，与许国璋、李赋宁、周珏良、查良铮诸先生同班。抗日军兴，随校（北大、清华、南开三校合组的西南联大）迁入湖南（长沙、南岳）和云南（蒙自、云南），受教于吴宓、叶公超、燕卜荪、钱锺书等名师，战火烽烟里，弦歌不辍。一九三九年，王公毕业于西南联大，留校任教。抗战胜利后，举家随清华大学复员北归。一九四七年秋，考取庚子赔款公费留学，赴英国牛津大学茂登学院深造，师从英国著名文艺复兴学者F.P.威尔逊。提前一年获得B.Litt学位后，王公于一九四九年九月回到北京，被分配到刚刚成立的北京外国语学校（今北京外国语大学）任教，直至逝世。

透过以上这些文字，细心的读者当不只是简单地了解到王公的履历，想必会进而体悟到王公之为王公——即，他一生淡泊中见文采，端谨里蕴清雅的器识与风度——背后的艰辛。外敌入侵，家园沦陷，学生运动、国内战争、政权更替，以及其后的一个接一个的运动，这就是王公从未及弱冠到甫过耳顺的四十余年间所历经的时代风潮，其汹涌激荡不言可喻，但他却从未被诡谲的洪流裹挟。虽也曾短暂地离开学府——如在一九四四年七月到一九四五年八月曾兼任国民政府军委会宣传处昆明办事处主任，为向世界宣传中国的抗战形势、扩大中国在国际反法西斯统一战线中的声望尽己所能——但最后还是选择回到书斋。虽也曾见证意识形态的狂悖，却未尝屈从于任何非学术的威压，而始终景慕朗松的谨严，W.P.卡尔的敏锐和精辟，格里厄逊的雄迈，圣茨贝利的好书如好陈酒，始终将求真视为圭臬，读书，教书，也写书、译书，王公的笔端却少有时流难免的惶惑与失措，不趋时，不趋势，他一以贯之地写着自己的文字，简练而有文采。他卓越的学术成就即有赖于心内这份笃定。

而私以为，这份笃定，作为王公为人为学的特色，既出诸天性，也肇自学养与修为。面对世界的污秽与喧嚣，他的确不曾大声指斥，而是沉潜于学问，以此担当自己对时代对历史对民族文化的责任。

学与思是他于无穷天地间寄身的逆旅。

二

本书主体部分为王公评赏英美现代诗歌的二十二篇读诗随笔。在附录的四篇文章中，王公讨论了中国新诗中的现代主义及其代表诗人，从一个侧面勾勒出中国新诗创作者对西方现代主义的迎拒与取舍的曲线。

王公有三种文笔，一是学术论著，二是翻译，三是散文。虽然在西南联大时曾写过小说《昆明居》，并在《文聚》上发表过颇具现代主义色彩的诗，但，著译之外，王公写得最多、最好的是散文。王公的散文是纯粹的学人散文，是他学术著述的余沈，思理谨严而笔致灵秀。本书收录的二十二篇读诗随笔洵为典范。

下面仅就阅读所得，略陈管见。

首先，用心于诗艺的阐发。诗的内容固然重要，但诗之所以为诗，王公认为"却在于它还有诗艺"。的确，无论中外古今，才情卓越的诗人总是思笔双绝。他们擅于以芬芳之词寓悱恻之思，用文字雕镂超越文字本身的境界。他们以独有的或俊逸或清新或沉郁或奔放的思、笔，氤氲出一种含蓄无尽的情韵，藉以传达既是一己的复是众生的对于世事变幻、生命无常的凝思与悲慨。而一首诗终能超越时空而臻于不朽，原因自是不止一个，但最为重要的一点无疑在于，它本身有着近乎完美的形式且其形式与内容亦有近乎完美的结合。本书中，王公对于诗人精湛诗艺的精妙抉发，联翩络绎，令人不免有"如行山阴道上，应接不暇"之叹。如论哈代诗的一个特点："往往每节起句和末句相同，造成一种回旋式的前后呼应，在听觉上有音乐美，在视觉上有建筑美"；又如论叶芝诗艺的突破与进境："叶芝初期的诗作是写得绝美的：朦胧，甜美而略带忧郁，充满了美丽的辞藻，但他很快就学会写得实在、硬朗，而同时仍然保留了许多美丽的东西。他的诗歌语言既明白如话，又比一般白话更高一层，做到了透亮而又深刻"；再如论艾略特诗中新的形象："至于《荒原》，那么整诗就笼罩在一个大形象之内：二十世纪的西方是一片荒原，没有水来滋润，不能生产，需要渔王回来，需要雷声震鸣——而实际上水又所在都是，河流和海洋，真实的和想象的，都在通过韵律、形象、联想，通过音乐和画面，形成了一条意义的潜流"，等等，皆一语破的，读来有薰风解愠之致。

其次，着力揭示诗语变迁背后的社会环境与心智气候。王公认为，品评作品时，必须要分析文本的语言，"要具体、要深入，但又必须看到它们后面的大块文化或整个思想文潮流"，这样才能探索出作品真正的内容、意义、文化史上的位置等等。如论狄兰·托马斯那充满了神秘和戏剧性,律动着符咒般的音乐,将血液、本能、欲望、潜意识连同想象和幻梦混杂在一起的诗行时,即指出"他所继承的是古老的口头朗诵传统,其先辈是行吟诗人,因此他的诗更以音乐性著称,有一种特殊的诉诸听觉的力量,所以说近乎符咒";而谈到当代诗人拉金那平淡的、闲话式的诗句时,则进一步指出"拉金的成功正在于:在浪漫派的感情泛滥之后,在现代派的技巧与理论泛滥之后,在奥登一代的政治热情膨胀之后,特别是狄兰·托马斯的狂歌之后,他能头脑冷静地从写实入手,用一种硬朗的机智建立了一代新的英国诗风。"这样,就不仅仅是在语言、技巧的末节徘徊,而是在对照中,使诗有了历史的纵深感,从而准确、扼要地揭示出诗与诗人的根基与创新所在。

复次,写法别具一格。各篇皆开门见山,直抒胸臆,有话则长,无话则短,力避学院或文学圈内的名词、术语,而不怕暴露自己的偏爱与激情。在写给周珏良先生的信中,王公曾以德·桑克蒂斯对彼得拉克的论述为例来说明一个文学史家该有怎样的文笔:"作为艺术家的彼得拉克是快乐的,作为人的彼得拉克则不满意:艺术家占了人的上风,因为艺术家孜孜不倦地追求完美,而人则缺乏勇气正视自己。因此他的诗的美丽光华的表面是冷的,下面没有黑黑的待发掘的深层,没有意志的强力,没有信念。这情况可以发展为悲剧,而实际上只成为挽歌。"而展读本书,我们将欣喜地发现,字里行间,一样流溢着睿智与凝练,我们仿佛在倾聆一位渊雅、练达的长者的娓娓清言。

此外,本书的选目亦不落窠臼,精当而有特色。从霍普金斯到托尼·哈里逊,自惠特曼至罗伯特·勃莱,二十二位各具特色的诗人,标示出十九世纪中后期迄二十世纪末英美现代诗歌多维新变的历程。个中,既有霍普金斯"跳荡的节奏",哈代土生土长的气质,叶芝英雄主义与神秘主义的绾合,艾略特的以学问为诗及从玄学派、法国后象征派和詹姆士一世时期诗剧中汲取的新的感兴,也有奥登掺合了大学才气和当代敏感的警句,威廉·燕卜荪属于二十世纪知识人的"辩难式的诗",以及休·麦克迪尔米德由雅歌和苏格兰古民歌结晶而成的神秘而美丽的早期抒情诗,更不必说那由"苏醒了的美洲猎人"惠特曼奠定的以"生活的、肉体性的语言"写就的新大陆的新诗章。

最后强调,王公引证的译文皆允称精品。译者们都力求在译文中传递原诗的结构,句法,形象,氛围及某些(不是全部)音韵效果,从而使英美现代诗艺在汉语中获得一种拓展和印证。我们完全可以把本书引诗看作一个精当的英语现代诗选。

含英咀华——读王佐良先生《英美现代诗谈》　／007

旅程结束，也许正是发现的开始。却顾所来径，无尽溪山或都已化作凝眸处一段烟愁。但，毕竟留下念想，供人追忆与踪迹生命之美、之殇。

以此，于王公的导引，唯有衷心感念。

目　录

I

001　/　托马斯·哈代

007　/　吉拉德·曼莱·霍普金斯

009　/　阿尔佛莱德·爱德华·霍斯曼

011　/　艾特温·缪亚

027　/　托麦斯·斯登斯·艾略特

034　/　维尔弗列特·欧文

038　/　劳伯特·格瑞夫斯

042　/　威廉·燕卜荪

048　/　温斯坦·休·奥登

056　/　斯蒂芬·司班德

058　/　菲利浦·拉金

063　/　塔特·休斯

068　/　托尼·哈里逊

II

077　/　休·麦克迪尔米德

082　/　绍莱·麦克林

III

087 / 伦奈特·司图亚特·托马斯

092 / 狄兰·托马斯

IV

101 / 威廉·巴特勒·叶芝

108 / 路易斯·麦克尼斯

112 / 西默斯·希尼

V

122 / 沃尔特·惠特曼

154 / 罗伯特·勃莱

附录

173 / 中国新诗中的现代主义

203 / 译诗与写诗之间

227 / 谈穆旦的诗

237 / 穆旦的由来与归宿

I

托马斯·哈代
（一八四〇——九二八）

哈代是大小说家，其名因《苔丝》与《凯斯特勃立治市长》等作品制成影片而愈彰；中国读者容易忽略的，是他也是一个诗人，而且是一个大诗人。

诗是他最初的文学试笔；等到后来他的小说受到社会上正人君子的非议，他又愤而掉转笔头，重新写起诗来。这一写也就丰富了英国诗史。他完成了一部大作品，即历史诗剧《群王》①（一九〇三——九〇八），长达十九幕一百三十场，把拿破仑从一八〇五年计划入侵英国到一八一五年战败于滑铁卢的欧洲历史都包括在内。此外，他写了几百首抒情诗。

抒情诗里包括了情诗，所咏的对象主要是他的前妻埃玛，

---

① 又译《列王》。

是悼亡之作,但与一般悼亡之作不同,没有美化死者,而是如实写出,当初如何地爱,后来又怎样让时间冲蚀了感情,到末了则更是眷恋。这一种讲真话的态度,和对过往的时与地的深思,都是哈代的特点。他的感情极为真挚深厚,诗中无滥调,也无丽词,而是用乡下人本质的语言,有时掺加几个僻词,甚至自造的词,但绝不走浮艳的路,读起来反而使人低徊不已。可以《呼唤声》一诗为例:

>我深深怀恋的女人,你那样地把我呼唤,
>把我呼唤,说你如今已不象从前——
>一度变了,不再是我心中的光灿
>——却象开初,我们的生活美好时一般。

>莫非那真是你的呼声?那就让我瞧瞧你,
>就象那时我走近小镇,你站在那里
>等候我,是呵,就象那时我熟知的你,
>甚至连你那身别致的天蓝裙衣!

>难道那不过是懒倦的微风
>飘过湿润的草地吹到了我身边,

而你已化作无声无息的阴影,

无论远近,再也听不见?

于是我,踉跄向前,

四周树叶儿飘散,

北风稀稀透过棘丛间,

犹闻那女人在呼唤。①

情诗之外,哈代还留下了大量其他优秀诗篇。

《写在"万国破裂"时》一诗用乡间常见的形象——老马耕地,茅根起火,少女恋爱——来同战争对照,表明屠杀瞬将消失,而人生却是永恒的。诗只三节,每节只一个中心形象,语言极为简洁,只到最后两行才略点题:

I②

只有一个人跟在一匹

垂头踉跄的老马后

---

① 此篇中引哈代各诗,皆钱兆明同志所译。
② 此首作于第一次世界大战初期,"万国破裂"的意象取自《旧约·耶利米书》第五十一章第二十节"你是我的战斧,我要用你把万国碰得粉碎"。

缓缓地、默默地在耙地,
　　他们在半眠中走。

II

只有几缕没有火光的烟
　　从一堆堆茅根袅起;
王朝一代往下传
　　这却延续不变易。

III

远处一个少女跟她侣伴
　　说着话悄悄走近;
未及他们的故事失传,
　　战史便在夜空消隐。

《身后》一诗更是中外诗歌中罕见之作,全文如下:

当我不安度过一生后,"今世"把门一锁,
　　五月又象新丝织成的纤巧的翅膀,

摆动起欢快的绿叶,邻居们会不会说,
  "他这个人素来留意这样的景象"?

若是在黄昏,如眼睑无声地一眨那样,
  暮天的苍鹰掠过高地的阴影
落在叫风吹斜的荆棘上,注视者会想:
  "这准保是他熟悉的情景。"

我若死于一个飞蛾连翩、温暖漆黑的夜里,
  当刺猬偷偷摸摸地穿过草地时,
有人会说,"他为保护这些小生命出过力,
  但没做成什么;如今他已去世。"

人们传闻我终于安息的消息后,
  若倚门仰望冬夜布满星斗的天际,
愿从此见不到我的人心中浮现这样的念头:
  "他这个人可洞悉那里的奥秘。"

当丧钟开始为我哀鸣,一阵轻风吹过,
  哀音随之一顿,旋即继续轰鸣,

仿佛新的钟声又起,可有人会说:
"他听不见了,过去对这却总留心"?

对死亡感兴趣的诗人多矣,种种抽象的玄思表达了不少,唯有哈代写得如此实在,用邻居们的几句闲谈来写出对死者的淡淡的然而真挚的怀念,而不是议论声名不朽、灵魂不灭之类的大题目。这样实实在在地悬想身后之事,看似平常,意极清新,道人所未道,开辟了英国诗的新意境。

哈代的诗还有一个特点,即形式上的完整,往往每节起句或末句相同,造成一种回旋式的前后呼应,在听觉上有音乐美,在视觉上有建筑美。

以上这些特点使得哈代突出于二十世纪初年的英国诗坛。他比当时的后浪漫派要朴素、深刻,而他的土生土长的气质和英国传统的艺术手法又使他截然不同于当时正在风靡西方世界的现代派诗人如艾略特。事实上,后者是攻击哈代所作的,而且颇有附和者。然而时间是公正的评判者。到了今天,人们越来越多地看出哈代诗作的内在优点,而艾略特等人炫奇的手法则已过时,以至有的论者认为现代主义诗歌只是一种旁支,哈代才代表了英国诗歌的主流。

吉拉德·曼莱·霍普金斯
（一八四四——一八八九）

例如一位在十九世纪末写诗但到二十世纪始为人知的吉拉德·曼莱·霍普金斯（一八四四——一八八九），就不属于任何流派。他是一个耶稣会士，写诗着重内心所感（他称为"内景"），音韵上着重"跳跃韵律"，又喜创新词，很难说他是传统派，倒很有现代派前驱的味道，但不喜欢现代派的人也能欣赏他的《斑驳之美》那样的诗：

> 事物陆离斑驳，光荣归上帝——
> 　因为有炫彩天空像牛身的花斑；
> 　　因为有水中鳟鱼身上玫瑰红点；
> 　有栗子落下如旺火；有雀凡的双翼，
> 　　有分片成块土地——或起伏或轮种，或耕翻；

各行各业，用具，吊车，设备齐全。
一切相对，新奇，独特，怪异；
　　变动的都带斑点（谁又知如何？）
　　　　快必有误；酸必有甜；暗必有明；
万物生于他，他的美常在不易；
　　　　　　要赞他真灵。

（周珏良译）

这个"他"是上帝。霍普金斯是把对美的感觉和对神的赞颂结合为一的。

阿尔佛莱德·爱德华·霍斯曼
(一八五九——一九三六)

霍斯曼是严谨的古典文学学者,同时又是抒情诗人。他的诗数量不多,主要的集子是《西罗普郡少年》(一八九六)。

霍斯曼的诗的第一个特点是简洁,简洁得有如格言,但不枯燥,因为简洁的形式之下有着动人的内容,主要是人生的悲剧感:爱情的不能持久,命运的捉弄,死亡的无所不在,例如引用民间谚语来写青年之受绞刑:

> 从前常有个无忧虑的牧童
> 　在那边月下牧羊
> 　　　　　　——第九首

这"月下牧羊"便是民间对吊在绞架上的俗称。诗的背景也是英国的农村，但很少写老人，着重写的是二十岁左右的青年人的感情。青年人应该是朝气蓬勃的，然而霍斯曼却写他们的夭折，凋谢，其主要情调可以用下列一节诗所传达的作为代表：

> 矫健的少年安卧在
> 　　无从飞越的溪边，
> 在春花凋谢的田野里，
> 　　沉睡着花颜的女儿。
>
> ——第五十四首

这是一个充满了回忆和感喟的静态的世界，其吸引力在于英国式的伤感同拉丁式的典雅的结合，用笔极为经济，一字一字像是刻在石板上那样整齐，感情的范围虽然比较窄狭，却常能从个人的不幸联系到自古以来的宇宙的不公，有点哈代的味道，而哈代正是霍斯曼所喜欢的少数英国作家之一。

中国译霍斯曼而卓有成绩的是已故的周煦良先生。本文所引各行即出他手。不久前湖南人民出版社重新出了他的译本，为"诗苑译林"丛书之一，书前有一篇长序，谈到他译诗的办法，既具体，又深刻，是近来论文学翻译的难得的好文章，值得有志译诗者一读。

艾特温·缪亚
（一八八七—一九五九）

缪亚，苏格兰人，是英国二十世纪的重要作家，做了许多工作，例如介绍过卡夫卡的作品，写过有关小说结构的颇有见地的专著，但主要是一个诗人。他爱苏格兰，但认为时至二十世纪，不宜于再用苏格兰方言写作，因此而与休·麦克迪尔米德有一场很激烈的争论。他本人的诗是完全用英语写的。

他的诗采用传统的形式，但在内容上多有所扩展，例如对于时间问题、善恶问题、现代世界上的流亡和隔离等现象等等都有新的探讨。《格斗》一诗中含有对现代残酷战争的比喻，然而又指出真正失败的未必是显然居于劣势的弱者；而《马》这首被誉为"原子时代的伟大而可怕的诗篇"（T. S. 艾略特语）[1]，更是通过一群马的重来表明在一场核战的浩劫过后人

---

[1] Edwin Muir. Collected Poems（1921—1951）. London: Faber & Faber, 1952.

也许能从归真返璞中得到希望。

在写法上他着重准确,即要写出真情实感,恰如其分,不夸张,但也不浮泛。他似乎写得很"实",但又常有一种梦幻式的气氛,往往实笔只是一种比喻,一种象征,背后还有更大更深厚的东西。显然,他受到了他所翻译的卡夫卡的影响;所不同的,是他并不给人阴郁的印象。

在这个意义上,他是一个没有现代派外表的真正的现代派。在他的传统式的明白晓畅后面有着现代的敏感和深刻;他似乎简单易懂,但又经得起一再重读。没有几个二十世纪的诗人具备这两重品质,即既有可读性,又有可发掘性。

堡垒[①]

整个夏天我们过得安心,

每天从城墙垛口

看麦田里收割的人们,

[①] 这首诗可以有几种解释:一个是它针对苏格兰的历史,指出苏格兰之并入英格兰,是由于少数苏格兰败类受到金钱的诱惑,出卖了祖国。这也是过去彭斯的看法,具见其诗篇《这一撮民族败类》。另一个解释是:此诗针对一般的情况,说明往往一个国家的失败,是因为内部有人被敌人用金钱收买了。很可能,在缪亚的思想里这两种看法是并存的,而以后者为主。缪亚是卡夫卡的英译者,他的诗里常有虚实并存,而化实为虚,透过局部而看全体的情况,有如卡夫卡的《审判》。

半英里外来了敌兵,
似乎还不成威胁的气候。

我们以为无须担心,
有武器,有给养,一箱又一箱,
我们的城墙高耸,叠叠层层,
友邻的盟军正在开近,
沿着每条绿荫的夏天路上。

我们城门坚固,城墙厚实,
石头又高又滑,没有人站得住
脚跟,没有任何诡计
能骗过我们,叫我们降或死,
只有小鸟才能把阵地飞渡。

他们能拿什么来诱引?
我们队长英勇,我们自己忠于国……
有一张私家的小门,
一张该死的小小篱笆门,
一个干瘪的管事让他们通过。

啊,一下子我们曲折的地道

变成脆弱而不能信赖,

没有哼一声,我们的事业已经摧倒,

有名的堡垒也被端掉,

暴露了它所有的秘密的台阶。

这可耻的故事该怎么说?

我到死都要坚持:

我们被出卖了,无法挽救,

黄金是我们唯一的敌国,

而对它我们没有作战的武器。

证实①

是的,亲爱的,你这张脸正是人的脸,

我在心里等待它已经多年,

我见过虚假而追求真诚,

终于发现了你,象旅人发现一个

欢迎站,却处在错误的

山谷、岩石和急转的土路之间。可是你,

---

① 缪亚的情诗之一,写得准确,没有把爱人理想化,"不是每一部分都美或者希罕",而着重一切是"艳",即人的本质。这样的情诗同那种伤感的、卿卿我我的传统情诗是大异其趣的。

我该怎么叫你？沙漠里的喷泉，

一个干燥的国家里一泓清水，

或者任何诚实的好东西，有一双眼睛

会照亮整个世界，一颗开放的心，

真诚地给人东西，给最本质的行动，

第一个美好的世界，花朵、发芽的种子，

炉火，坚毅的大地，流荡的海，

并不是每一部分都美或者希罕，

而象你自己，正是它们的本色。

以上两首王佐良译

爱得这么久[①]

长久地我在爱着

是什么我不会说

[①] 本诗是缪亚自己最喜爱的诗之一。一九五二年他曾自述写诗过程：第二次世界大战期间，他在爱丁堡附近一个村庄里，"时间是深夏一个沉闷、多云无风的日子，天气很热。我坐在草地上望着一些茅屋和群山。觉得很喜欢它们；这是忽然感到的，并没有理由，只是喜欢而并不是因为茅屋挺有趣或群山有浪漫气息。我感到一种明显的对身下的土地的热情，好像爱上了大地本身、爱上了那柔和的光亮。这些我以前都感到过，但那天下午一切都升华为这首诗了"。这段话应是本诗的最好注脚。

因而要写首歌
关于那不可捉摸
它既无模样也无形态,
但是怎能摆脱得开。

它甚至无名,
可偏偏是永在;
考验或不考验,都成,
就是和我离不开;
轻如呼吸,可安然
犹如屹立的青山。
它可是一切存在,
虽不知确是何物;
存在,存在,存在,
是它的累也是它的福。
我何时可以肯定说
我爱的是什么?

这幸福幸福的爱
包围它是流涕悲哀,

上下压力一齐来，
有明天更有现在；
一个小小乐园
夹在世界的台钳间。

在那里它很满意
无忧虑象儿童，
虽然身在囚禁里
可成长得香馥郁葱；
受屈，不怕受屈，
在世上怡然自足。

这种爱我一时感到
为什么我也不清楚
而一时又匆然去了
就象快乐的牡鹿
在猛虎利爪间处
遵守一整套规律
听命运毫不含糊。

周珏良译

格斗[①]

那情景人类不忍目睹。
沉醉的天幕下
败草狼藉、碎土零乱的
荒地上的那场格斗,
只有蟾蜍或毒蛇可以观赏。

看了这场格斗,我诅咒那只
冠饰于顶、傲慢骄矜的禽兽。

[①] 多数评论家认为这是缪亚最杰出的作品。诗的素材来自诗人一次梦境。缪亚在他的自传中谈到这首诗时说,他梦见那两只禽兽,它们怒目相视,意欲决一死战。他可以看出它们"相互认识,肯定曾经格斗过无数次,而此番格斗后还会再次厮杀。每一次相遇都是初次的遭遇,每次肯定总是色泽暗淡、有忍耐性的那一只失败,而胜者总是那只色彩华丽的猛兽。我没有看到它们厮杀,但我肯定那将是惨不忍睹的,也许有其含义"。缪亚没有解释诗的寓意,虽然作品带有浓重、神奇的梦幻色彩,诗人所要表达的思想并不难捕捉。读者被带入这梦境中,分享那旁观者的情感:"败者应是险些取胜的一位。/于是他充满狂暴的怒气。/……但我从未见过一只禽兽/如此无能,却又这般勇敢。/……心怀杀机的猛兽不能如愿/气急败坏,胀鼓着肚皮,以致/你会认为他已陷入了绝望。"诗人的立场在这里是非常清楚的。这首诗的表层描述是很简单的,但其含义深远,难以用几句话说清,而且没有必要试图断定两只禽兽在诗人的心目中具体象征现实中的什么。也许,我们可以这样讲,从《格斗》中可以看到一位敏感而有信仰的诗人怀着恐惧的心情,而又充满希望地观望着现代人类社会。

他华贵的色彩尽披于身，
掩住一双
掏心取腹的利爪。

豹的身躯，鹰的头颅，
尖利的嘴巴，狮的鬃毛，
冰霜般的灰色羽翼
向身后展去——他仿佛是万兽杂交而生。
我不会再看到他的同类。

一旁走来他的对手——
一个柔软、圆滚、色如泥土的东西，
可怜他那千疮百孔的身躯
如同一只破旧的麻包
一堆该抛弃的破烂。

然而，他面对面地等待那只
疯狂的猛兽发动迅猛的攻击，
以早见分晓。此时此地
容不得奢想怜悯与恩赐，

愤怒逼迫他做决死一战。

静立的大树旁，那双利爪有如魔掌，
忽左忽右，飞快地出击。
谁都会断定，
格斗就于此结束，若不是
那只小兽没有就此死去。

因为他避开了致命的攻击，
缩起抽搐的身躯，踉踉跄跄躲进巢穴，
似乎那里更安全。格斗至此暂止，
败者应是险些取胜的一位。
于是他充满狂暴的怒气。

片刻间，荒地上空寂、凄凉，
昏沉沉仿佛暂时从痛苦中解脱。
蟋蟀开始鸣唱，多刺的荆棘摇曳着，
接着，是一阵轻微的响动。
两位斗士重新摆开阵脚。
一切从头开始。狡黠的利爪

一伸一缩,来势凶猛。难道没有办法
从利爪下救出那堆破布烂麻?
没有。但我从未见过一只禽兽
如此无能,却又这般勇敢。

不公平的厮杀在大树观望下,
此时此刻,仍在继续。
心怀杀机的猛兽不能如愿
气急败坏,胀鼓着肚皮,以致
你会认为他已陷入了绝望。

一只脚踏在伊甸园中 ①

一只脚还踏在伊甸园中,我止步
远望那方另一片土地。
世界非凡的白天已近日暮,

---

① 这是诗人后期的作品。缪亚承认过去与现在、恶与善的并存,他不是个社会改革家,也不企望有"意外的福泽"从天而降;但他坚信,人类的历史是一则永恒的寓言。人类真正的价值,真、善、美,植根于伊甸园中,总有一天人类能重返乐园,寻回自己的根。

而那片我们耕耘已久
播种下爱与恨的土地看去太陌生。
时间的创造反为时间所困扰。
没有力量可以分开
葳蕤并存的五谷与莠草
杂草似纹章,无声中将健壮的
苗根缠绕:这些都属于我们。
善与恶紧密并存于
罪孽与慈善的土地,
在那里将开始我们的收获。

然而,万物之根仍萌生于伊甸园中,
和最初的那天一样洁净。
时间夺去了繁枝硕果,
把原古的叶子
烧烤成悲惨可怕的形状
散落于冬日的小径。
可伊甸园中从未听说
荒原与枯枝上还能长出鲜花。
哀戚和慈善的花朵

只在那方昏暗的土地上盛开。

伊甸园怎能有

希望、信仰、怜悯与博爱可谈。

不到它的时日全被埋葬,

不到记忆重又找回它的宝藏,

意外的福泽不会从天堂里

透过层层乌云的天空降下来。

以上两首王军译

马①

那场叫世界昏迷的七日之战过后

不过十二个月,

一个傍晚,夜色已深,这群奇怪的马来了。

那时候,刚同寂静订了盟约,

但开始几天太冷静了,

---

① 这是缪亚的名作之一,受到普遍赞扬。诗人假想一场原子大战过后,生活回到了单纯朴素的农耕时代,一群神秘的马到来,象征着一种古老的友伴关系的重新恢复。"自由的服役"是他强调的一点。

我们听着自己的呼吸声音,感到害怕。
第二天,
收音机坏了,我们转着旋纽,没有声音;
第三天一条兵舰驶过,朝北开去,
甲板上堆满了死人。第六天,
一架飞机越过我们头上,栽进海里。
此后什么也没有了。收音机变成哑巴,
但还立在我们的厨房角落里,
也许也立在全世界几百万个
房间里,开着。但现在即使它们出声,
即使它们突然又发出声音,
钟鸣十二下之后又有人报告新闻,
我们也不愿听了,不愿再让它带回来
那个坏的旧世界,那个一口就把它的儿童
吞掉的旧世界。我们再也不要它了。
有时我们想起各国人民在昏睡,
弯着身子,闭着眼,裹在穿不透的哀愁之中,
接着我们又感到这想法的奇怪。
几架拖拉机停在我们的田地上,一到晚上
它们象湿淋淋的海怪蹲着等待什么。

我们让它们在那里生锈——

"它们会腐朽,犹如别的土壤。"

我们拿生了锈的耕犁套在牛背后,

已经多年不用这犁了。我们退回到

远远越过我们父辈的地的年代。

    接着,那天傍晚,

夏天快结束的时候,那群奇怪的马来了。

我们听见远远路上一阵敲击声,

咚咚地越来越响了,停了一下,又响了,

等到快拐弯的时候变成了一片雷鸣。

我们看见它们的头

象狂浪般向前涌进,感到害怕。

在我们父亲的时候,把马都卖了,

买新的拖拉机。现在见了觉得奇怪,

它们象是古代盾牌上的名驹

或骑士故事里画的骏马。

我们不敢接近它们,而它们等待着,

固执而又害羞,象是早已奉了命令

来寻找我们的下落,

恢复早已失掉的古代的友伴关系。

在这最初的一刻，我们从未想到

它们是该受我们占有和使用的牲畜。

它们当中有五六匹小马，

出生在这个破碎的世界的某处荒野，

可是新鲜活跳，象是来自它们自己的伊甸园。

后来这群马拉起我们的犁，背起我们的包，

但这是一种自由的服役，看了叫我们心跳，

我们的生活变了；它们的到来是我们的重新开始。

王佐良译

托麦斯·斯登斯·艾略特
（一八八八——一九六五）

艾略特也许不是二十世纪最伟大的英语诗人，但毫无疑问是最有影响的英语诗人。通过他自己的诗，也通过他的一整套文论，艾略特把他的现代主义传播到了世界上一切对诗歌革新有憧憬、有实践的地方，在整整半个世纪之内使人们读他，谈他，学他，也骂他，反对他，至今余波未息。

然而这是一种奇怪的现代主义，因为伴随而来的是一种正统的传统观——不仅仍然要传统，而且要以罗马天主教、英国国教为中心的传统，只不过他认为传统连续不断，时时更新，古今优秀文学是"同时并存"的。在实践里，当然艾略特泄露了他的偏爱，他的美国出身（因而比欧洲文人更倾倒于欧洲文化），他也有过浮华、气盛的青年时期（因而故作惊人之言，说什么《哈姆雷特》是一个艺术上的失败，密尔顿是破坏了英语表达力的罪魁等等），同时也确实有效地改变了高雅社会的一部分文学趣味，使他们放下浪漫派，拿起玄学派、法国后象征派和詹姆士一世时期的诗剧。

艾略特的诗里也有这一些和更多的文学作品的"同时存在"，因为摘引别人作品是他写诗的手法之一。不止摘引，他还借用神话、传说、哲学和心理学的新理论、人类学社会学的新成果，等等，因此他最著名的作品《荒原》看起来就像是大量引语的拼贴画。这样的引语识者不多，于是他又加了大量注释，使得读诗又变成了做学问。

没有人能只靠摘引和注释写出好诗来；艾略特除了掉书袋之外，是有真实诗才的。首先，他敏锐地看出了第一次世界大战前后欧洲所遭遇的文明危机，他对这危机的严重性的认识也远比一般时事观察家要深得多，而危机范围之大则他认为从"不真实的城市"一直伸展到每人的灵魂之中。

其次，他运用了一种技巧，既能传达这样一个复杂的主题，又能把读者卷入新的诗风。他不容许他的读者——当然也不容许他自己——堕入甜美的、感伤的抒情调子，因为那样的调子引不出危机感；这就是为什么他在理论和实践上都要大力反对浪漫主义。针对浪漫派的优美音调，他选择了无韵的自由诗作为主要形式，其风格特点是散文化、口语化。针对浪漫派的黄昏、月亮、玫瑰之类，他用新的形象去震惊读者。

今天，读者当然不再感到震惊了。但在《阿尔弗瑞德·普鲁弗洛克的情歌》发表之初（一九一七年），人们是不习惯艾略特的这类形象的：

> 正当朝天空慢慢铺展着黄昏
> 好似病人麻醉在手术桌上
> 我们走吧，穿过几条半清冷的街，
> 那儿休憩的场所正人声喋喋；
> 有夜夜不宁的下等歇夜旅店
> 和满地蚌壳的铺锯末的饭馆；
> 街连着街，好象一场讨厌的争议
> 带有阴险的意图
> 要把你引向一个重大的问题……

这些形象里既有现代城市生活，又有现代知识分子的心智活动，都传达了尖锐的现实感。艾略特的匠心，还见于更切近日常生活的形象：

> 我是用咖啡匙子量走了我的生命；

我知道每当隔壁响起了音乐
话声就逐渐低微而至停歇。
所以我怎么敢提出?
而且我已熟悉那些眼睛,熟悉了一切——
那些用一句公式化的成语把你钉住的眼睛,
当我被公式化了,在钉针趴伏,
当我被钉着在墙壁上挣扎,
那我怎么能开始吐出
我的生活和习惯的全部剩烟头?

特别是读者容易忽略过去的:

呵,我变老了……我变老了……
我将要卷起我的长裤的裤脚。

一个简单的动作,然而代表了一片心情:只有心情上衰老的人才那样小心保护裤脚,才为了方便而放弃雅观。这一形象也就起了"客观关联物"的作用——这一理论,连同它的名词,都是艾略特提出的。

至于《荒原》,那么整诗就笼罩在一大形象之内:二十世纪的西方是一片荒原，没有水来滋润，不能生产，需要渔王回来，需要雷声震鸣——而实际上水又所在都是，河流和海洋，真实的和想象的，都在通过韵律、形象、联想，通过音乐和画面，形成了一条意义的潜流。在这等地方，我们又看出艾略特的丰富和深刻，看出他从现代艺术学到的作曲和构图的新原理。他完全可以写得很美，只不过这是一种节奏和色彩组成的美，例如：

> 哦，金融城，有时我能听见
> 在下泰晤士街的酒巴间旁，
> 一只四弦琴的悦耳的怨诉，
> 而酒巴间内渔贩子们正在歇午，
> 发出嘈杂的喧声，还有殉道堂：
> 在它那壁上是说不尽的
> 爱奥尼亚的皎洁与金色的辉煌。①

四弦琴的悦耳的怨诉，渔贩子的嘈杂的喧声，带来了生命力，而最后则是建筑美和"它那壁上说不尽的皎洁与金色的辉

---

① 本篇章中至此为止的引文，系查良铮译；下面出自《四个四重奏》的引文，系裘小龙译。

煌"。这样一段诗出现在两个小职员有欲无情的幽会的描绘之后，就显得分外美丽，荒原的枯燥和寂寞也就暂时地打破了。

艾略特并不停顿原地。在发展的路上，他有成功，也有失败。所谓失败，是指他在诗剧上的试验。他想在二十世纪的条件下复兴十七世纪型的诗剧。他写出了不少好台词，像《大教堂谋杀案》里借用宗教仪式来做的形式试验也是成功的，但是尽管他在五十年代下了很大力气一连写了五六个剧本，其中多数还曾上演，甚至盛大上演，并且博得好评，现在我们看得清楚：《元老政治家》之类的剧本已被遗忘，诗剧也没有复兴。倒是在大写诗剧之前，艾略特已经发表了另一部大作品：《四个四重奏》。真正的成功是在这里。艾略特本人说过他羡慕贝多芬后期写的几个四重奏，认为在那里音乐进入了更高级的纯粹的境界。《四个四重奏》也进入了纯粹的境界，大段的回旋式的陈述里包含着对人生的沉思，对乡村景物的感应，自我反省，自我辩论，以及对诗歌语言的关注：

去年的话属于去年的语言，
而明年的话等待另外一个声音。

但同时，诗又满载着历史的记忆和今天的现实：

> 黑色的鸽子吐着闪光的舌头
> 在他归途的地平线下经过

轰炸机出现了,英国的命运同时间和历史交叉在一点,这又是真正的战争诗。艾略特立在战争的黑夜里,想起了曾居斯土的祖先,想起了英国的将来。这时他早已脱去了炫奇的外衣,沉静下来,只靠深刻的思考、近乎透明的语言、余响不绝的音韵,写下了他最好的诗。

维尔弗列特·欧文
（一八九三——一九一八）

欧文是死于第一次世界大战的青年知识分子，所作《奇异的会见》公认为那次战争留下的最动人诗篇之一。主要的意思，首先是战争是最大的浪费，诗人慨叹"那毁掉了的岁月，那希望的破灭"；其次是参战双方的士兵之间是感情相通，互相怜悯的。"诗意在于所表现的怜悯"——这是欧文自己在诗集序言里写的说明，只是诗集还未出版，他就已经阵亡，另一个有才能的青年诗人就这样被战争吞没了。

诗体是双韵式，但有些地方用了近似韵，以免机械式整齐，那样就与所写的乱糟糟的战争气氛不协调了。

奇异的会见

我似乎脱离战斗,逃进了

花岗岩下一条沉闷的大坑道,

惊天动地的战争早把岩石挖通,

那里挤满了呻吟着睡觉的人,

有的苦思,有的已死,都不动弹,

等到我试着一碰,有一位跳起紧看,

呆板的眼光象是认识我又怜悯我,

他凄然举起手向我祝福;

我看他的笑,知道这是在阴森的土地。

他的笑是死的,我知道我们站在地狱里。

他的脸刻划着千种痛苦,

但没有上面人间的血污,

也没有炮弹落地或发着啸声。

"奇怪的朋友,"我说,"这里没有理由要伤心。"

"没有,"他说,"除了那毁掉了的岁月,

那希望的破灭。你希望过的一切

都曾出现于我的生活,我曾狂野地搜寻

世界上最狂野的美人,

不是静止于眼睛或秀发的美，

而有嘲笑时间跑得不快的气概。

如果有悲哀，也是此处所无的深厚悲哀。

多少人曾因我欢乐而笑，

我的悲痛也有东西留下，

但现在也得死了；我还有真话没谈，

战争的遗憾，战争所散播的遗憾。

现在人们只能满足于我们弄糟了的东西，

如果不，就闹个翻腾，然后被抛弃。

他们会敏捷，然而是母老虎的敏捷，

谁也不掉队，虽然整个民族也会后退。

我有过勇气，也感到过神秘，

我有过智慧，也掌握过技艺，

我没参加过世界的后退，

退向那无墙的虚幻堡垒；

等血流成河，阻塞了战争车轮，

我将上前用清净的井水冲洗它们，

甚至告诉他们深藏心里的真纯道理，

无保留地倾倒我精神上的秘密，

但不能通过伤口，不能面对战争的粪坑。

多少人额角不露伤口而鲜血内涌!
我是你杀死的敌人,朋友,
我暗中认识你,昨天你皱着眉头,
对着我冲来,又刺又砍,
我抵挡了,可我的手发冷,无心再战。
现在,让我们睡吧……"

王佐良 译

劳伯特·格瑞夫斯
（一八九五——一九八五）

格瑞夫斯生于一八九五年，参加过第一次世界大战，写过一本有名的回忆录《告别那一切》，翻译过古典文学作品（如阿比里厄斯的《金驴》），担任过牛津大学五年一任的诗歌教授，但他用力最勤的是写诗，从二十年代一直写到现在，经过许多诗歌流派的起落，他始终写传统形式的诗。当现代派盛行之际，他曾受到冷落；如今现代派过去了，他继续受到一部分读者的赞赏。

像叶芝一样，他有他的神话系统，其中心人物是白色女神，她代表爱情，是一个危险而又能起奇妙作用的人物，使得生活丰满而有色彩，使诗歌增加魅力。《镜中的脸》一诗最后一行里的"皇后"就是指的白色女神。

当然，不知道这一点，人们照样可以欣赏诗——有时候，过多的象征反而损坏了诗。格瑞夫斯的特点,一是他的诗不晦涩,二是他放得开,几乎什么都能入诗,而贯串他全部创作生涯的是对于形式的注重,所写的一切作品都是形式完整,在韵律上颇见匠心的。

他也开辟了新的题材,例如:

波斯人的说法

爱好真理的波斯人不多谈
在马拉松打的小小前哨战。
至于希腊人夸张的传说,
把那个夏天的一次搜索,
一次武装的侦察行动,
不过用了三旅步兵一旅骑军,
(作为他们左翼的支援,
只从大舰队抽出了几条老式小船)
把这些说成是对希腊的大举侵略
而且陷于大败——他们认为不值一驳;
偶然提起了,他们不承认
希腊人说的主要几点,只着重

那是一次有益的练兵，
给波斯皇帝和民族带来了英名，
面对坚强的防御和不利的气候，
诸兵种协同作战，形成了百川汇流！

这里提到的马拉松之役是西方世界连小学生都知道的，西方史家说那次希腊联军对抗波斯帝国大军入侵取得了决定性大胜利。但是波斯人又是怎么说的？诗人提供了一个答案，所以题名《波斯人的说法》，意思似乎是：各有各的说法，都是一面之词。至少，这可以使受"欧洲中心"理论熏陶了多少世纪的西欧人头脑清醒一点。

下面一首，也值得一读：

镜中的脸

受惊似的灰色眼睛，精神散漫，
从大而不匀的眼眶向外观看，
一条眉毛耷拉着，
下面皮肤里还藏着一块弹片，
旧世界打过仗的愚蠢纪念。

弯鼻子，打球时骨折造成；
脸，布满沟条；头发，粗糙，乱蓬蓬；
额角，多皱纹，但是宽阔；
下巴，有垂肉；耳朵，大；颚，好斗象征；
牙，不多；唇，丰满红润；嘴，像苦行僧。

我停住，剃刀在手，投出嘲笑，
对镜中的人，他的胡子需我照料；
再一次问他为什么
还要装扮停当，以一个少年的自傲，
去同丝绸宫里的皇后相好。

此诗格律完整，脚韵排列为aabaa，ccbcc，ddbdd，亦即重复中有连锁。内容上的特点是：用自嘲的口气描写自己的容貌，写得细致，也真实，没有美化，夹杂着评论（愚蠢纪念，好斗，像苦行僧），点睛之笔在于最后，而这是有浪漫情思的一笔：打扮停当了去会仙后似的爱人。这一来，前面最平凡的细节也带上了奇幻的色彩。

威廉·燕卜荪

（一九〇六—一九八四）

燕卜荪同中国有缘，但他不是因中国才出名的。早在他在剑桥大学读书的时候，他的才华——特别是表现在他的论文《七类晦涩》之中的——就震惊了他的老师，而他的老师不是别人，就是创立一整个文学批评学派的宗师I. A. 理查兹。《七类晦涩》于一九三〇年出版，至今都是英美各大学研究文学的学生必读的书，而作者写书的时候还只是一个二十岁刚出头的青年。

这本书同他后来的几本著作——《田园诗的若干形式》（一九三五）、《复杂词的结构》（一九五一）、《密尔顿的上帝》（一九六一）——都表现出一种思想上的锐气，作者在学院里度过了一生，却能突破学院的局限，不断地追求心智上的新事物。他是学者，但又有一般学者所无的特殊的敏感和想象力。这是因为，他又是一个诗人。

而且是一个奇特的诗人。他写诗不多,一九五五年出版的《合集》总共只收五十六首诗,连同注解不过一百一十九页。这些诗大部分非常难懂。人们说他追随十七世纪的玄学派,实际上他比玄学派更不易解。文字是简单的,其纯朴,其英国本色,有如《阿丽丝漫游奇境记》,但是内容涉及二十世纪的科学理论(如爱因斯坦的相对论)和二十世纪的哲学思潮(如维特根斯坦的逻辑与语言哲学),有时单独的句子是好懂的,连起来则又不知所云了。

那么,这样的诗又有什么值得一读?值得的,因为它代表了诗的一种发展。这是二十世纪的知识分子的诗,表达的是知识界关心的事物。其所以难,是因为西方现代科学、哲学的许多学说本身就不易了解,而诗人本人对它们的探索也远比一般人深(我们不要忘了他在剑桥拿了两个第一,其一是数学)。这些学说是重要的,影响到现代人的意识或世界观。但他写的又不限于抽象思维,对于现实生活里的矛盾与困惑,对于爱情,对于战争,甚至异国的战争,如中日之战,诗人也都是深有所感并吟之于诗的。在形式方面,他又严格得出奇,不仅首首整齐,脚韵排列有致,而且还有法文Villanelle①式的结构复

---

① 维拉内拉诗,十六世纪法国的一种十九行诗。

杂的回文诗。整个说来，他的韵律是活泼的，愉快的，朗读起来，效果更好。十分现代的内容却用了十分古典的形式，这里有一点对照，一点矛盾；但这也增加了他的诗的吸引力。有些诗人的作品一见眼明，但不耐读；燕卜荪的相反，经得起一读再读，越读越见其妙。

这类诗也构成英国诗里的新品种。燕卜荪自己说过：

> 本世纪①最好的英文诗是象征式的诗，写得极好，但这类诗搞得时间太长了，今天的诗人们感到它的规则已成为一种障碍，而文学理论家一般又认为除象征式诗以外，不可能有别类的诗。②

实际上，可以有别类的诗，即"辩论式的诗"。燕卜荪本人写的就是这类，其中心是矛盾冲突：

> 诗人应该写那些真正使他烦恼的事，烦恼得几乎叫他发疯。……我的几首较好的诗都是以一个未解决的冲突为

---

① 指二十世纪。
② 纽约时报公司.纽约时报书评周刊.纽约：纽约时报公司，1963—09—22（39）.

基础的。①

因此,他不是在做文字游戏,而是在写现代知识分子所关心的重要问题,而方式则是通过思辨和说理。例如:

> 肥皂水张力扩大了星宿,
> 天上反映出圣母的韶秀
> 迎接上帝打开更多空间。
> 错了!是我们在空间盘旋,
> 以超过光速的飞船
> 毁灭多少个星之宇宙,
> 让它们死亡不留痕迹。
>
> ——《远足》②

同样,他的警句也不是仅仅展示机智,而是包含着对人生意义的领悟的:

---

① 《威廉·燕卜荪同克里斯多弗·里克斯的谈话》,收在伊恩·汉弥尔登编《现代诗人》一书的第一百八十六页。些书一九六八年出版于伦敦。

② 本文所引译文,都出自柯大诩同志之手。

一切人类依之生存的伟大梦想，

不过是幻灯投射到地狱黑烟上，

　　什么是真正实在？

　　手绘的玻璃一块。

——《远足》

或者是这样一种在前途茫茫中的悲壮的决心：

还是和我一起在盼待一个奇迹，

（不管它是来自魔鬼还是神祇），

找那不可能的东西，

绝望中练一身技艺。

——《最后的痛苦》

实际上不止是"技艺"，因为还有对人的关切。他是一个外表冷静而内心非常热烈的人。东方吸引了他：他在日本和中国都教过书，特别是中国，两度居留，一共七年（一九三七——一九三九年，一九四六年——一九五一年），教书极为认真负责，造就了一大批英国文学研究者和许多诗人，见证了中国的抗日战争、解放战争时期的大学气氛和解放后的新气象（在中华人民共和国成立之初,庆祝十一和五一的游行队伍里有着他们夫妇),而且把他的感想写进了诗,其中包括一首题为《中国》的短诗,一个取自李季《王贵与李香香》的片段的翻译,和他的唯一的长诗《南岳之秋》。战时设在湖南南岳的西南联大文学院的师生的生活是非常艰苦的,但是他过得很愉快,这首长诗忠实地传达了他的印象和感想,当中包括了幽默、疑问和自我嘲讽,而主调则是愉快;他的轻松的口气和活泼的节奏加强了这一效果。这愉快不仅表明他在南岳"有极好的友伴"(如他自己所说),而且用一种诗歌手段传达了他对于中国人民前途的信心。

温斯坦·休·奥登
（一九〇七——九七三）

奥登登上诗坛之初，年纪很轻，还在牛津大学上学，而且是同另外三位牛津诗人——赛息尔·台·刘易士、路易士·麦克尼斯、斯蒂芬·司班德——一起出现，成为艾略特等之后的"奥登一代"。他们在政治观点上是左的，反法西斯，支持同佛朗哥作战的西班牙共和政府；在题材上是城市性或工业性的，诗中经常出现"高压线塔""涡轮机""仪表"等字样；在语言上有时用一种只有他们自己懂的"隐秘语言"，其实是大学生之间的游戏。总之，他们受艾略特、庞德的现代主义的影响而又想表现不同，由于内容和语言上都有一种锐气，宛如一个新的英雄时代来临，就连大诗人叶芝在编写《牛津现代诗选》的时候也收讲了他们的作品，并自认不如。

这当中，奥登的成就更加引人注目。他比另外三人内容上更广更深（在一般的左派政治意识之上还加了弗洛伊德的心理分析），写法上更俏皮（回头走拜伦甚至蒲伯的路），各种诗体掌握得更纯熟（从十四行到诗剧又到《夜邮》那样的电影解说诗），因而其诗作有一种更加爽朗的现代面目，其风格的特色十分明显：

> 农家的河没受到时髦码头的诱导[①];

> 他的躯体的各省都叛变了，

> 当所有用以报告消息的工具
> 一齐证实了我们的敌人的胜利

> 从心灵的一片沙漠
> 让治疗的泉水来喷射，
> 在他的岁月的监狱里
> 教给自由人如何赞誉。

他能把实物写成一种品质，有时像十八世纪诗人那样用人

---

① 本文所引奥登诗，皆查良铮译。

格化的抽象名词，如"邪恶""孤立""岁月的监狱"之类，然而所传达的却是一种现代思想的概括，形象和气氛更纯然是现代的，带有现代的明快，也带有现代的焦灼。即使观看几百年前的绘画，他抒发的也是现代敏感，可以《美术馆》一诗为例：

> 关于痛苦他们总是很清楚的，
> 这些古典画家：他们深知它在
> 人心中的地位；深知痛苦会产生，
> 当别人在吃，在开窗，或工作着
> 　无聊的散步的时候；
> 深知当老年人热烈地、虔敬地等候
> 神异的降生时，总会有些孩子
> 并不特别想要它出现，而却在
> 树林边沿的池塘上溜着冰。
> 他们从不忘记：
> 即使悲惨的殉道也终归会完结
> 在一个角落，乱糟糟的地方，
> 在那里狗继续着狗的生涯，
> 　而迫害者的马
> 把无知的臀部在树上摩擦。

在勃鲁盖尔的"伊卡鲁斯"①里,比如说:
一切是多么安闲地从那桩灾难转过脸:
农夫或许听到了堕水的声音

  和那绝望的呼喊,
但对于他,那不是了不得的失败;
太阳依旧照着白腿落进绿波里;
那华贵而精巧的船必曾看见
一件怪事,从天上掉下一个男童,
但它有某地要去,仍静静地航行。

  对于勃鲁盖尔,人们欣赏的是他的风俗写实,是他对画中人物(特别是农民)的嘲讽笔触,而奥登却着重这位古典画家对于人生痛苦的了解之深,这就是一种现代看法。他又指出画中的村民眼看别人遭难而无动于衷,"安闲地从那桩灾难转过脸",这是现代笔法,用"安闲"字样更加衬托出这一边有人死亡一边别人照常过着日子的人生处境——一种存在主义式的

---

① 勃鲁盖尔(一五二五——五六九),尼德兰画家,油画《伊卡鲁斯》为其名作。"伊卡鲁斯"是希腊神话中的人物,他和他的父亲自制翅膀飞离克里特岛,在飞近太阳时,他的翅膀由于是用蜡粘住的,融化了,他也跌落海中死去。诗中描写的景色大多是勃鲁盖尔画中所有的。

无可摆脱的处境。

过去也有不少中外诗人以诗咏画，但这种敏感，这种讽刺性的对照却只产生于这个多灾多难、但又复杂、矛盾的二十世纪。

奥登的诗还有一种戏剧性，因此描写大的变动——如战争——就十分出色。《西班牙》之所以传诵一时，就是因为奥登始终抓住了戏剧性的对照：昨天与今天，今天与明天，广场与陋室，城市与渔岛，苦难与希望，希望与希望的实现：

> 明天，对年轻人是：诗人们象炸弹爆炸，
> 湖边的散步和深深交感的冬天；
> 　　　　　明天是自行车竞赛，
> 穿过夏日黄昏的郊野。但今天是斗争。
>
> 今天是死亡的机会不可免的增加，
> 是自觉地承担一场杀伤的罪行；
> 　　　　　今天是把精力花费在
> 乏味而短命的小册子和腻人的会议上。

回旋式地不断对照，诗的形式也舒卷而前，无取于优雅的然而也能变成打油腔的脚韵，而恢复了古英语诗的重读音，恢

复了英雄气概，同时又通过现代的形象——"诗人们象炸弹爆炸""乏味而短命的小册子""腻人的会议"——表示这是此时此地、二十世纪三十年代西班牙战场上的产物。

奥登也用同样的戏剧性、同样的对照、同样的现实感来写中国人民的抗日战争。他同小说家依修乌德于一九三八年来到武汉，并去前线访问。奥登用诗、依修乌德用散文写下了他们在中国战场上的见闻，合作而成《战地行》一书，很快在一九三九年出版。这可不是一本"乏味而短命的小册子"，不是应景之作，两人最好的部分篇章就在此中。

只不过，这一次奥登用了十四行诗的形式。以"战时"为总题，一共写了二十三首。这一组十四行诗应该说是替二十世纪英国诗放了异彩。以第十八首为例：

> 他被使用在远离文化中心的地方，
> 又被他的将军和他的虱子所遗弃，
> 于是在一件棉袄里他闭上眼睛
> 而离开人世。人家不会把他提起。
>
> 当这场战役被整理成书的时候，
> 没有重要的知识在他的头壳里丧失。

他的玩笑是陈腐的，他沉闷如战时，
他的名字和模样都将永远消逝。

他不知善，不择善，却教育了我们，
并且象逗点一样加添上意义；
他在中国变为尘土，以便在他日

我们的女儿得以热爱这人间，
不再为狗所凌辱；也为了使有山、
有水、有房屋的地方，也能有人烟。

它表现了一个英国青年诗人对普通中国士兵的深切同情，而且他充分理解他们"在中国变为尘土"，是为了"他日我们的女儿得以热爱这人间，不再为狗所凌辱"。这是用现代技巧写的现代内容的诗。无怪乎好几个中国青年诗人，呼吸着同样的战争气氛，实践着同样的诗歌革新，对于那时的奥登之作是十分倾心的，而且保持了这种感情，直到今天。

然而奥登自己，人和诗，却变了。一九三九年欧洲战场尚未大打，这位原来不怕到世界任何地方去面对任何战争的奥登，却离开战争中的英国去了美国。此后他仍有佳作，如《新年家信》。但是随着他越来越转向宗教题材，他的诗也逐渐失去了真正的光彩。技巧仍然是纯熟的，甚至写清早上厕所都俏皮可诵，然而缺少令人心折之作了；不但如此，奥登还对自己过去的某些作品产生了异常的反感，例如《西班牙》一诗他就不肯收入全集，也不许别人收在选本里。何决绝乃尔！自然，也有人喜欢他的后期作品，听说近来它们的影响还更大了；然而对于曾经眼见一个新的英雄时代像是就要在英国诗坛上出现的过来人来说，奥登的前期作品是没有任何东西可以代替的。

斯蒂芬·司班德

（一九〇九——九九五[①]）

司班德曾是所谓"奥登一代"中的一人，在牛津大学上学时期就以写诗出名，第二次世界大战前后写下了一些著名诗篇，主要是记录经济大萧条时期英国工人失业的凄惨情况和青年知识分子对共产主义社会的向往，名句如：

> 他们懒懒地站在街口，
> 看见朋友耸一耸肩头，
> 又把口袋朝外一翻，
> 表示了穷人不在乎难堪。

《一个城市的陷落》也是他的一首优秀作品。这里提到了

---

① 本文写于一九九五年前，卒年为编者所加。

拉尔夫·福克斯和加西亚·洛尔卡的名字，两个在西班牙的斗争中牺牲的优秀作家。城市陷落了，斗争失败了，眼看着压迫与愚昧重来：

农民跟着驴子的呼叫声
重又唱起结巴的歌

然而那战斗的岁月留下了"火花"，将在未来一代的心上产生影响。这样，诗就成功地传达了那个同法西斯做殊死战斗的时代的气氛。

但是后来他写诗少了，好诗更不多见。其实，就在他最好的作品里，也似乎深度不足，缺乏一点余音。

菲利浦·拉金
（一九二二——九八五）

拉金是第二次世界大战以后涌现出来的优秀诗人。许多评论者认为，五十年代以来英国出了两个大诗人，一个是塔特·休斯，一个就是拉金。

他上过牛津大学圣约翰学院，同学中有金斯莱·艾米斯和约翰·韦恩。这两人都是所谓"愤怒的年轻人"，以写小说著名，但也写过诗，而在诗艺上视拉金为长兄。这些人合起来，成为一个名叫"运动"的诗派，在五十年代有点声势。

拉金成名于"福利国家"时期，他的同伴对政治有幻灭感，他自己对它也无特别的热情，但关心社会生活的格调，喜欢冷眼观察世态，而在技巧上则一反流行于五十年代之初的狄兰·托马斯等人的浪漫化倾向，务求写得具体、准确。这两点——社会观察的细致和写法上的反浪漫化——使他成为一个很好的世态记录者。

以他最有名的诗篇《降灵节婚礼》为例,他写铁路沿线的英国情况,着墨不多,而英国的病态历历在目:

> 浮着工业废品的运河,
> ……没有风格的新城,
> 用整片的废汽车来迎接我们。

而人物呢?

> 车子驶过一些笑着的亮发姑娘,
> 她们学着时髦,高跟鞋又加面纱,
> 怯生生地站在月台上,瞧着我们离开。

这是新娘们。她们的家属则是:

> 穿套装的父亲,腰系一根宽皮带,
> 额角上全是皱纹;爱嚷嚷的胖母亲;
> 大声说着脏话的舅舅……

对于这样一些人组成的战后英国社会，诗人当然是提不起什么兴致的。因此他的语言也是平淡的，闲话式的，他的韵律也是低调的，有嘲讽式的倒顶点，而无高昂的咏叹调。

拉金的笔下几乎不见一片绿叶，不是他不爱田园，而是他知道这一切"在消失中"（这正是他的一首诗的题目），他眼见即将来临的命运是：

> 这样，英格兰也就消失，
> 连同树影，草地，小巷，
> 连同市政厅，雕花的教堂唱诗台；
> 会有一些书收进画廊传世，
> 但是对于我们这一帮，
> 　　只留下混凝土和车胎。

没有掩饰，没有原谅，没有迁就，这就是当代的英国写照，这也是真正的当代英语诗。

这样的诗，还有读头吗？华兹华斯的恬淡何在？雪莱的激情何在？济慈的乐歌何在？整个英国诗的优美的抒情传统又何在？

拉金的成功正在于：在浪漫派的感情泛滥之后，在现代派的技巧与理论泛滥之后,在奥登一代的政治热情膨胀之后,特别是在狄兰·托马斯的狂歌之后,他能头脑冷静地从写实入手,用一种硬朗的机智建立了一代新的英国诗风。

因为他不仅深有所感,而且很会写诗。他老练而又善于创新。老练在于他对于形式的驾驭。他的所有诗篇都是形式完整,层次分明的。又在于他对于口语体的掌握,几乎全用闲谈语气,然而又精练,简洁。他也继承了现代派诗对于形象和具体场景的关注,以至写出了这样的传神之笔:

无帽可脱,我摘下
裤腿上的自行车夹子,不自然地表示敬重。

但是他又不炫新奇,坚韧地走自己的路,力求写得真实,写得准确,同时又注意气氛,联想,余音,避免照相式的写实。因此,他虽写的是有点灰色的当代英国社会,他的诗却不是灰色的。人们倒是发现:他的诗里有一种新的品质,即心智和感情上的诚实。《上教堂》就是一例。它写出了二十世纪中叶英国青年知识分子对宗教的看法:并不重视,认为教堂将为时间所淘汰,但最后却来了这么一段自白:

> 说真的，虽然我不知道
> 这发霉臭的大仓库有多少价值，
> 我倒是喜欢在寂静中站在这里。

原因是：人有一种饥饿，要求生活中有点严肃的东西。这就是诚实。表现上的准确也是一种诚实，拉金的技巧是与拉金的内容一致的。而准确是一种当代品质，科学技术要求准确；准确也是一种新的美：运算的准确，设计的准确，施工的准确，都是美的。就诗而论，在多年的象征和咏叹之后，来了一位用闲谈口气准确地写出五十年代中叶英国的风景、人物和情感气候的诗人，是一个大的转变。也许可以说：拉金和他的诗友们做了一件早就该做的事，那就是：以不同于美国诗的方式写出了一种新的英国诗，这样也就结束了从二十年代起就开始树立于英国诗坛的现代主义统治。

塔特·休斯
（一九三〇——九九八[①]）

另一个活跃于五六十年代的重要诗人是休斯。

塔特·休斯（一九三〇——九九八）写的是纯然不同于"运动派"的诗。像是针对他们的天地窄小，他专写掠过长空的猛禽；针对他们的平淡，他着力写暴力。这两者，都可以在《栖息着的鹰》一诗里看出：

> 我坐在树的顶端，把眼睛闭上。
> 一动也不动，在我弯弯的脑袋
> 和弯弯的脚爪间没有弄虚作假的梦：
> 也不在睡眠中排演完美的捕杀或吃什么。

[①] 由于本文的写作时间早于一九九八年，所以该人卒年为编者所加。

高高的树真够方便的！
空气的畅通，太阳的光芒
都对我有利；
地球的脸朝上，任我察看。

我的双脚钉在粗粝的树皮上。
真得用整个造化之力
才能生我这只脚、我的每根羽毛：
如今我的脚控制着天地

或者飞上去，慢悠悠地旋转它——
我高兴时就捕杀，因为一切都是我的。
我躯体里并无奥秘：
我的举止就是把别个的脑袋撕下来——

分配死亡。
因为我飞翔的一条路线是直接
穿过生物的骨骼。
我的权力无须论证：

太阳就在我的背后。

我开始以来，什么也不曾改变。

我的眼睛不允许改变。

我打算让世界就这样子下去。[①]

这真是可怕的文字，毫无过去诗歌的优美情调，一切是那样残酷，而残暴者又是那样自豪：它任意捕杀，"分配死亡"，它也"不允许改变，……打算让世界就这样子下去"。

不止是一首诗如此，而是有一连串同样可怕的作品。他这样写《鼠之舞》：

鼠落进了罗网，它落进了罗网，

它用满嘴的破铁皮般的吱吱声咒天骂地。

连韵律都是咬牙切齿似的。在《乌鸦的第一课》里他写上帝如何被乌鸦捉弄：

上帝想教乌鸦说话。

---

① 本文的选诗全部为袁可嘉译。

"爱,"上帝说,"你说,爱。"
乌鸦张开嘴,白鲨鱼猛冲入海,
向下翻滚.看自己有多大能耐。

"不,不",上帝说,"你说爱,来,试一试,爱。"
乌鸦张开嘴,一只绿蝇,一只舌蝇,一只蚊子
嗡嗡飞出来,扑向杂七杂八的华宴。

"最后试一次,"上帝说."你说,爱。"
乌鸦发颤,张开嘴,呕吐起来,
人的无身巨首滚出来
落到地上,眼睛骨碌碌直转,
叽叽喳喳地抗议起来——

上帝拦阻不及,乌鸦又吐起来。
女人的下身搭在男人脖子上,使劲夹紧。
两个人在草地上扭打起来。
上帝奋力把他们拆开,又咒骂,又哭泣——

乌鸦飞走了,怪内疚地。

这是令人作呕的诗，而最后"怪内疚地"又是讽刺的一笔。实际上，不是乌鸦有那么多能耐，它还是上帝的化身，这一番问答无非点出上帝的伪善。

就当他写植物时，他也写像尖刀一样会割人的蓟：

> 每支蓟都是复活的充满仇恨的爆发
> 从衰亡了的北欧海盗的地下遗迹
> 抛掷上来的紧握手中的一大把
> 残缺武器和冰岛的霜冻。……

他似乎是把可怕的词汇和凶狠的韵律统统用上了。

然而骂他残酷却骂错了，残酷的不是他，是大自然，是世界，特别是这空前残酷的二十世纪现实世界。他也不是在宣扬暴力，而是在唤醒人们注意暴力这个现象，不要生活在幻觉中，因此他避免写得软绵绵的，而用准确、坚硬、强烈的文字。无论你喜欢不喜欢，休斯的诗构成世纪后半英国诗的一个特色。

近年来休斯也写些有关地方上风土人情的诗，并配以插图或相片。这当中有他对于另一个困扰二十世纪的问题——保持环境清洁——的关心。一九八四年，他被封为桂冠诗人。

托尼·哈里逊

（一九三七—）

休斯的出现曾被有的批评家认为是英国诗的一个转机[①]，但那是六十年代的事。休斯以后，又出现了什么大的变化？

大体说来，从七十年代起有两股力量表明一种新的诗的敏感在涌现出来。一股出现在北爱尔兰，以西默斯·希尼为代表；另一股出现在英格兰，以托尼·哈里逊为代表。这里先介绍一下哈里逊。

托尼·哈里逊（一九三七—）是工人家庭子弟，靠奖学金上过里兹大学，写的诗有强烈的工人阶级意识。他通晓古典和西欧、非洲多种语言，曾经译过莫里哀的《恨世者》、拉辛的《费德尔》、埃斯库罗斯的《俄莱斯蒂亚》，并为纽约大都

---

① 见A. 阿尔伐莱士写于1962年的《新的诗歌》的序言部分。

会歌剧院写歌词。他力求用好语言,然而目的却不像艾略特那样在于"纯净部落的方言",而是要替一些几乎说不出话来的人发言。这些人就是多少代的"哑巴",如他家庭里的上辈成员。他曾写诗表明这点:

遗传

你居然成了诗人真是神秘!
你这诗才来自何处?

我说:我有两个伯父,乔和哈利……
一个口吃,一个是哑巴。

不止伯父,他父亲——一个锅炉工人——也是"哑巴":

他渴求能从人的语言解脱出来,
那压了他一生的,铅一般沉重的舌头。

——《标以 D 字》

哈里逊要打破这世代的"遗传",于是写起诗来。这使他更敏锐地感到语言中也有"他们"与"我们"之分。有一系列的诗谈到"词汇表"（关于词典）、"女王的英语"（即所谓上等人英语），另有一首干脆就以"他们和我们"为题，其中有一段是：

> 诗是国王们的言词。你是那类
> 莎士比亚只让演丑角的家伙：写散文去吧！
> 所有的诗，包括伦敦佬济慈的，你知道，
> 都已由我们配音成了 RP，就是
> "公认的发音"，请相信我们，
> 你的言语已在"公认者"们的手里。
>
> "我们说 [ʌs]，不说 [uz]，老兄！"这就封住了我的嘴。
> ——《他们和我们》

英语音标符号在诗里出现，这大概是第一次。原来拼成 us 的英语词有两种读法："公认者"们即上等人读成 [ʌs]，工人、下层阶级读成 [uz]。这里阶级分野特别明显，所以过去肖伯纳曾说：一个英国人一张嘴，就无法不遭到别的英国人恨他。

而哈里逊的对策不是像有些受了高等教育的工人子弟那样，

去鹦鹉学舌地学RP即"公认的发音"（*Received pronunciation*）而是去做一个"食火者"：

> 我将不得不吞下父亲们的火一样的语言，
> 把它化成一连串打结的火绳，去点燃
> 多少代压抑着的沉默，一直回到
> 亚当寻找创世名词的当年，
> 尽管我的声带会因受烤而变黑，
> 也将有火焰不断地唱歌。
>
> ——《食火者》

这样的一个歌手唱出来的歌当然也不同寻常。

他唱他对父母的深切感情，透过一个儿子的眼睛看工人家庭里的爱：

> 虽然我母亲已经死了二年，
> 爹还是把她的拖鞋放在煤气炉旁烘着，
> 在她睡的床一边放一个暖水袋，
> 并且按时替她去续月票。

客人不能随便进屋，得先打电话，
他总约你一个钟头后才去，
这样他可以有时间把她的东西拿走
像是他仍然炽烈的爱是一种犯罪。

——《远距离》

他写了多首关于父母的诗，不仅题材是关于他们，写法也希望他们喜欢，这一点成为他写作的艺术信条，如他在一首诗里所说：

爱读的书

那个夏天我读易卜生、马克思和纪德。

他给了我一个"你别太骄傲"的脸色。

"我有时觉得你读书太多了，
我从来没有时间来一阵好读。"

"好读！敢情！你的工会的日程表！

威士忌和啤酒瓶上的招贴!
你从来没有兴奋得要发狂,
由于读了卡夫卡或者《李尔王》。
你唯一关心的记录只有你的投镖游戏,
或者他妈的那足球……"

       （这一切我只在心里说。）

我现在接受你关于"艺术"的看法,
把它们写进我的诗,这是一种约定。

这些谈你的诗,爹,希望你喜欢,
在你从比斯顿进城的公共汽车上,
它们是为你这样没有时间的里兹人读的。

一旦我写诗,我就不能把你忘掉!

这些诗都用了活泼的口语,写得具体确切,直接打动读者。同时,他也不讳言工人本身的弱点,如他父亲对一切文化的鄙视。

  当然,哈里逊也用他那火焰般的文字写别的题材——从传统解放出来了的题材。这当中有他在美国、非洲、东欧、拉美工作或游历的观感，对"黑色的"北英格兰的既恨又爱的感情，对于死亡的凝思，对于政治、经济问题的看法，还有就是性生活，包括同性恋。这后者曾引起人们的非议，但他仍把它当作现实人生的一部分而写得酣畅。在这等地方他是完全"当代"的——当代生活里的不安、紧张、疑惑都可以在他的诗里找到。同时，他对语言的造诣和对过去优秀文学的修养又使他的诗艺成熟，写出了名篇如《给约翰·济慈一个金橘》，其中即有当代的忧患感：

历史，人的一生，心，脑
流向味蕾又流回。
比济慈多活十几年
使我老了但并不更聪明，
只是知道了已经不会早死，
但青春也留下了未歌颂的甜味，
剩有日子和金橘来表达
人的存在因他的虚无而成熟。
不只是十六年的间隔
带来了更多的恐怖、希望和怕惧，

而是在济慈的死和我的生之间
　　这地球又有了一百年的历史——
　　岁月如张开的火山口，杀气腾腾，
　　边沿上有血水成泡，向人狞笑；
　　一个像缸一样大小的东西爆炸了，
　　夺走了一切静寂，一切颂诗，
　　草木窒息于秽气之中，
　　这是济慈和朗普里埃从不知道的；
　　全身脱水的海仙，断腿的林神拖着残躯
　　爬过废渣成堆的无树土地，
　　喷毒的火焰咬着吞着
　　年纪不到济慈死时一半的儿童……

又有身处非洲黎明中的新鲜感：

　　烈日烧化了黎明的薄雾
　　我摘了一个金橘，树枝溅了我一脸
　　清凉的露水，作为一天的开始。
　　黎明的糖浆使果子闪光
　　在梦一般的橘林果园中。

像盖尔微在久雨之后,
椴树绿得发亮,几乎叫人痛苦,
沾着冷露的果子昨夜一整夜
在空气里兀自金黄一片。

新的一天来了。呵,日子!我的精神
用约翰·济慈的精神欢迎金橘。
呵,金橘,没有早死是一种安慰,
又甜又苦,祝福诗人的舌头!

现实,历史,欧洲,非洲,痛苦,希望,连贯起来的是一个后生诗人对于济慈这样一个永远年轻的纯真诗人的爱,英国诗歌就这样一代复一代地传了下来。

II

休·麦克迪尔米德
（一八九二——一九七八）

麦克迪尔米德是二十世纪苏格兰最重要的诗人，这一点现在已无异议。他中年变法，引起的惋惜多于赞美，然而诗人自己却说得斩钉截铁：

> 最伟大的诗人往往要经过一次艺术上的危机，
> 一个同他们过去成就一样巨大的转变……
> 庸人们惋惜我诗风的改变，说我抛弃了
> "有魅力的早期抒情诗"——
> 可是我已在马克思主义里找到了我所需
> 的一切……
> ——《首先，我写的是马克思主义的诗》

这倒真是有诗为证的。例如：

未来的骨骼（列宁墓前）

红色花岗岩，黑色闪长岩，蓝色玄武岩，
在雪光的反映下亮得耀眼，
宛如宝石。宝石后面，闪着
列宁遗骨的永恒的雷电。

又如：

我为什么选择红色

我穿红衣战斗，
理由同加里波第[①]选择红衬衫一样——
因为战场上只要有几个人穿红衣，
看起来就是一大群——十个人
象一百个人；一百个人

---

① 加里波第（Ginseppe Garibaldi；一八〇七——八八二），意大利民族解放运动领袖，曾组织红衫军。

象一千个人。
红色还会在敌人的步枪瞄准器里晃动,
使他瞄不准。——当然,最重要的理由是,
一个穿红衬衫的人既不能躲,也不能退。

(一九四三)

这些都是好诗,更不必提有名的献给列宁的三个颂歌了。一九五五年出版的《悼念詹姆斯·乔埃斯》这本大书里也是充满了出色的段落。

然而早期的抒情诗也仍然是"有魅力"的,不因为诗人后来的变化而失其光彩。它们当中有这样一首:

呵,哪个新娘

呵,是哪个新娘手拿一束
白得耀眼的蓟花?
她那怕事的新郎哪能料到
他今夜会发现个啥。

比任何丈夫亲密，
比她自己还亲密，
人家不要她的贞操，
只不过施了一个诡计。

呵，谁已先我而来，姑娘，
他又怎样进的门？
——一个我没生就已死的人，
是他干了这坏事情。

只留给我一点贞操，
在你那尸体般的身上？
——没有别的可给了，丈夫
无论找古今哪个姑娘。

但我能给你好心肠，
还有一双肯干的手，
你将有我的双乳如星星，
我的身子如杨柳。

在我的唇上你会不再介意，

在我的发上你会忘记，

所有男人传下的种

曾在我处女的子宫聚集……

（一九二六）

这诗用了古民谣的形式。从古以来，人们对新婚之夜感到神秘，诗的一开始也是气氛神秘，读者不知道究竟新郎会发现什么，所谓"诡计"又是什么。接着新夫妇问答——问是根据常理，带着男人的自大和占有欲；答得很妙，充满了女性的真挚和无私。然而一切出之以诗，最后两段写得特别美：有具体的形象，但又把肉体的事提高到"星星"和"杨柳"的境界，同时又很实际：只要两情相洽，我能以好心肠待你，又能凭双手为你干活，你又何必寻根刨底要问清那问不清的事情？要知道情欲是温暖而又古老的，古老得如人的开始……

深刻而又美丽，神秘而又亲切，而语言又是那样简单，那样纯朴——这是圣经里的雅歌和苏格兰古民歌的卓越结合。

难怪大诗人叶芝在三十年代之初编《牛津现代英诗选》的时候，发现了这首诗，感到惊讶，说："有这么好的诗，而我居然一点也不知道！"

绍莱·麦克林
（一九一一—一九九六[①]）

我很难忘记同绍莱·麦克林在斯凯岛上的一夜长谈。虽是六月天，石屋的炉子里还烧着泥炭，它没有煤气而发幽香。大玻璃窗外夜晚的天色仍是十分明亮，在欧洲西北角的海岛上，夏天黑得很晚，十点钟还如白昼。我坐在软椅上，手里拿一杯金黄色透红的威士忌酒（也是苏格兰的名产），不时地喝两口，同白发而健壮的老诗人做着松散的对谈。他是当今世界上用盖尔语写作的最重要的诗人。

当然，免不了要谈到诗。但我又在那种随便而亲切的气氛里突然感到：何必煞风景呢，人生比诗更重要，而此刻人生是如此美好！

---

① 本文写于一九九六年前，卒年为编者所加。

这事已过去五年，但至今我在怀念着绍莱和他的家人——他的老伴莲内，女儿玛丽，女婿大卫。都是爽朗开脱，一见如故。

也重读了绍莱的若干作品。有一首小诗，给我印象特别深刻，那就是：

形　象

当我懂得了这可怕的事——
她的身体已经腐烂：
干枯，变质，残缺，
我画了一个我爱人的形象，
不是那种叫人舒服的形象，
会有诗人放在高楼架上的，
而是会在沙漠里变大的形象，
在那里血即是水。

时间对于任何诗人都是一个充满诱惑的观念——或者可怕的"存在"。美丽的人会由于时间的侵蚀而变老，这是一般道理，但是突然发现爱者的身体腐烂了，干枯，变质，残缺，这仍然是可怕的，而联系到沙漠里的死亡，则是由于诗人的个人经验——他在第二次世界大战中在北非的沙漠里抗击过德军，而且受了重伤。诗题《形象》，明显地表示存在着两种形象：一种，是高楼上诗人们的美丽想象；另一种，则是女人身世和沙漠战场上的真实，而真实是枯燥而又残酷的。高楼上的形象精致而虚幻，沙漠里的形象才高大而实在，诗人的选择痛苦而坚决。这坚决见于诗行的断句，也见于诗的节奏，一行一断，重点落在最后的一句名言："血即是水。"

这一切，透过几重翻译——原诗是盖尔语，译成英语，又转译成汉语——仍然可见可闻，说明了原诗的生命力。

诗人也能温柔，对于爱人（其实《形象》里就有这样的温柔），对于斯凯岛上的石山和变幻的风云，对于别的诗人，例如叶芝。请看下诗：

在叶芝墓前

墓上的大石板
盖住了你和你的妻子乔治，
在大海与班·勃本山之间，
在司莱戈与利沙台尔之间。
清风从各方吹来

你的神妙的词句,

伴随一位美丽的人儿,

出现在每处田野的电视机上。

从班·勃本山那边来的甜蜜声音

出自一张年轻美丽的嘴①,

它因德米特而得到名声,

当它初次传播于绿色的土地,

后来变成了嘶叫,由于哀伤,

由于高贵的愤怒,

由于慷慨的行动,

这些在康诺利的耳中是甜蜜的,

对他和他的同道②。

你得到了机会,威廉,

运用你的语言的机会,

因为勇敢和美丽

---

① 指爱尔兰女子莫特·冈。叶芝曾追求她多年,但她嫁了别人。她的兴趣在抗英武装斗争,此段中的"嘶叫""愤怒""慷慨的行动"都指她。

② 康诺利,爱尔兰工人领袖,指挥复活节起义,为英军枪杀。

在你的身旁树起了旗杆。

你用某种方式承认了它们，

不过口上也挂了一个借口，

这借口却不曾毁了你的诗，

反正每个人都有借口。

叶芝的为人并不特别讨人喜欢：高傲，迷信，视人民如群氓；但他的诗行的力量却又很少人能够抗拒，明亮而深刻，现代而古老，语言的运用在二十世纪英语国家是诗坛第一人。麦克林也提到了他的"神妙的词句"，然而他表明，这神妙也是他的周围的人和事所给予的，这当中有美人，有英雄（"康诺利和他的同道"），而叶芝所经历过的最大的事则是爱尔兰人民的独立运动。所以麦克林说："勇敢和美丽／在你的身旁树起了旗杆。"但是叶芝对于武装斗争有保留，因此只是有限度地参加了独立运动，所谓"挂了一个借口"即指此。但是麦克林立刻就指出：谁都会有借口的，叶芝的借口并没有毁了他的诗。

仅仅说麦克林认为不必对叶芝求全责备是不够的，因为这首诗主要是赞颂，一个凯尔特族诗人对另一个凯尔特族诗人的赞颂，因其有分寸而更为可信，因此有人认为：在这里麦克林写下了叶芝的最好的墓志铭。

Ⅲ

伦奈特·司图亚特·托马斯
（一九一三—二〇〇〇①）

威尔士是英国的偏僻地区，有独特的语言、文化，属于凯尔特（Celtic）传统。它的现、当代作家之中，有好几位托马斯。最有名的大概是狄兰·托马斯，在四五十年代他的诗很流行，后来他又写短篇小说和广播剧，也都拥有不少读者、听众。第二位是格文·托马斯，写过好几部长篇小说，如《一切都背弃你》，也有名望。这里要谈的是另一位，他名叫伦奈特·司图亚特·托马斯，一九一三年生于威尔士的加的夫地方，一九三六年成为威尔士教会的教士，一生在威尔士农村度过，接触最多的是乡下孤独的农民，他的最好的诗也是写他们的。

他写农民的简朴的、往往又是艰苦的生活。他们沉默，

---

① 本文写于二〇〇〇年前，卒年为编者所加。

寂寞，但有强烈的感情，包括下一代人对上一代的强烈怨恨，如表现在这样一首诗里的：

> 这是痛苦的风景。
> 这儿搞的是野蛮的农业。
> 每个农庄有它的祖父祖母，
> 扭曲多节的手抓住了支票本，
> 像在慢慢拉紧
> 套在颈上的胎盘。
> 每逢有朋友来家，
> 老年人独占了谈话。孩子们
> 在厨房里听着；他们迎着黎明
> 大步走在田野，忍着气愤
> 等待有人死去，一想起这些人
> 他们就像对所耕种的土壤那样
> 充满了怨恨。在田埂的水沟里
> 他们看自己的面容越来越苍老，
> 一边听着鸫鸟的可怕的伴唱，
> 而歌声对他们的允诺却是爱。
>
> ——《佃户们》

很少有人写农村生活如此真实：土壤贫瘠，家长统治，子孙们为上辈终年劳累，像是佃户，因此盼他们早死。这不是田园诗，而是世态图。结句带有讽刺，因为在这种严苛的环境里缺少的就是爱。

他的诗艺是素朴、严谨的，从来没有多余的话；形式也是完整的，古老的，但不是文绉绉的古老，而是在农民口上传诵了多少世代的民间艺术的古老；而在素朴与古老之下，他又能不受传统的束缚，在诗艺上进行了许多试验，如追求霍普金斯式的"跳跃节奏"，如某些特殊的比喻和对照手法：

> 黄昏时天空发狂，
>
> 如有鲜血泼洒；
>
> ——《威尔士风光》

他最动人的一点是极具体的细节和极高远的玄思的结合。没有人能写威尔士农村的人和物比他更具体——有时他还用勃鲁盖尔（Pieter Bruegel the Elder）式的嘲讽，他爱农民，但不讳言他们的愚昧和落后——但同时也没有人能像他那样小中见大，例如见于《农村》一诗的：

谈不上街道，房子太少了，
只有一条小道
从唯一的酒店到唯一的铺子，
再不前进，消失在山顶，
山也不高，侵蚀着它的
是多年积累的绿色波涛，
草不断生长，越来越接近
这过去时间的最后据点。

很少发生什么；一条黑狗
在阳光里咬跳蚤就算是
历史大事。倒是有姑娘
挨门走过，她那速度
超过这平淡日子两重尺寸。

那么停住吧，村子，因为围绕着你
慢慢转动着一整个世界，
辽阔而富于意义，不亚于伟大的
柏拉图孤寂心灵的任何构想。

前面写实况，也是一点没有美化，然而跟随着那姑娘来了青春活力——"她那速度超过这平淡日子两重尺寸"——于是进入一个更大的空间，既是实在的，又是想象的，"不亚于伟大的柏拉图孤寂心灵的任何构想"，这就是"小中见大"。

因此这些写几乎被人遗忘的农村的小诗读起来一点也不单调，而是充满了激情和戏剧性，经得起多次咀嚼的。

当代的英国诗坛虽然人才众多，但显得过分城市化，色调有点灰——要不然就是像泰特·休斯那种猛禽似的黑色——只有R. S. 托马斯像一块白石那样，经过了时间的冲刷而更坚硬又更玲珑了。

狄兰·托马斯
（一九一四——一九五三）

托马斯是二十世纪威尔士地区的诗歌天才，二十岁成名，如彗星一样划过英美文坛，三十九岁就死去了，留下了许多诗篇、短篇小说、广播剧、朗诵唱片。

"死亡与出场"（一九四六）是他的一本重要集子的名称，也可以用来概括他所关注的题材：生与死，但都不是平平淡淡的，而是充满了神秘和戏剧性的，因此死如跌入难测的黑夜，生如挑幕出场。在这两者之间，则是血液、本能、欲望、潜意识连同想象和梦幻混杂在一起，产生了神奇的色彩和符咒般的音乐，读者未必全懂，但凭直觉和联想也会大体了解他在说些什么。

但是托马斯不是一个像布莱克那样的"神启派"，他是执着于现世生活的。《死亡也一定不会战胜》和《不要温和地走进那个良夜》两诗都是用了极大的力气怒斥（这是诗人自己用的字眼）死亡，而《通过绿色的茎管催动花朵的力》这首最早也最受欢迎的诗则是用新鲜的形象和奇异的组合表达了人同自然之间有着内在的、动态的、力的联系——真所谓荣枯与共，生死同命，而另一方面，他却又不曾像别的西方诗人在类似场合会做的那样，暗示有一个上帝——更不必说基督教的上帝——在主宰一切。五年后写的《当我天生的五官都能看见》则从身体感官的纷纭印象中看出了"高贵的心"的重要性，比仅仅着眼情感和本能进了一步。

托马斯也关心时局。在那法西斯横行、英国统治阶级对德、意搞绥靖政策的年代里，他有感而写下了《那只签署文件的手》一诗。这是对于慕尼黑协定之类的"文件"的抗议，但是用了他独特的方式：靠形象，靠猝然的拼合——"手没有眼泪可流"——靠特殊的节奏和韵律。

托马斯在艺术上是用心的，也致力于诗篇的色彩美，但他所继承的是古老的口头朗诵传统，其先辈是行吟诗人，因此他的诗更以音乐性著称，有一种特殊的诉诸听觉的力量，所以说近乎符咒。他自己的朗诵也非常富于感染力。他的短篇小说、广播剧、游记也写得精彩，原因之一也在他运用了口语文学的许多手法。五十年代之初，他写了广播剧《在牛奶林下》，得到了很大成功。在这里，古老的口头文学传统找到了一种新的传达工具，靠这位作家的才能而打动了千百万不常读书的听众的心。

通过绿色的茎管催动花朵的力

通过绿色的茎管催动花朵的力
也催动我绿色的年华，使树根枯死的力
也是我的毁灭者。
我也无言可告佝偻的玫瑰
我的青春也为同样的寒冬热病所压弯。

催动着水穿透岩石的力
也催动我红色的血液，使喧哗的水流干涸的力
也使我的血流凝结。
我也无言可告我的血管
在高山的水泉也是同一张嘴在噏吸。

搅动池塘里的水的那只手
也搅动流沙；拉着风前进的手

也拖曳着我的衾布船帆。
我也无言可告那绞死的人
绞刑吏的石灰是用我的泥土制成。

时间的嘴唇象水蛭紧贴泉源；
爱情滴下又积聚，但是流下的血
一定会抚慰她的伤痛。
我也无言可告一个天气的风
时间已经在群星的周围记下一个天堂。

我也无言可告情人的坟墓
我的衾枕上也爬动着同样的蛆虫。

死亡也一定不会战胜 ①

死亡也一定不会战胜。
赤条条的死人一定会

---

① 语见《圣经·新约·罗马书》，原意是说人若信仰基督，肉体虽死，灵魂可获永生。这首诗说人虽不免一死，但通过与大自然融为一体却可永远战胜死亡。

和风中的人西天的月合为一体；
等他们的骨头被剔净而干净的骨头又消灭，
他们的臂肘和脚下一定会有星星；
他们虽然发疯却一定会清醒，
他们虽然沉沦沧海却一定会复生，
虽然情人会泯灭爱情却一定长存；
死亡也一定不会战胜。

死亡也一定不会战胜。
在大海的曲折迂回下面久卧
他们决不会象风一样消逝；
当筋疲腱松时在拉肢刑架上挣扎，
虽然绑在刑车上，他们却一定不会屈服；
信仰在他们手中一定会折断，
双角兽般的邪恶也一定会把他们穿刺；
纵使四分五裂他们也决不会屈服；
死亡也一定不会战胜。

死亡也一定不会战胜。
海鸥不会再在他们耳边啼

波涛也不会再在海岸上喧哗冲击；
一朵花开处也不会再有
一朵花迎着风雨招展；
虽然他们又疯又僵死，
人物的头角将从雏菊中崭露；
在太阳中碎裂直到太阳崩溃，
死亡也一定不会战胜。

那只签署文件的手

那只签署文件的手毁了一座城市；
五个大权在握的手指扼杀生机，
把死者的世界扩大一倍又把一个国家分两半，
这五个王置一个王于死地。

那只有权势的手通向倾斜的肩膀，
手指关节由于石灰质而僵硬；
一支鹅毛笔结束了一场
结束过谈判的屠杀。

那只签署条约的手制造瘟疫，
又发生饥馑，飞来蝗灾，
那只用一个潦草的签名
统治人类的手多了不起。

五个王数死人但不安慰
结疤的伤口也不抚摸额头；
一只手统治怜悯一只手统治天；
手没有眼泪可流。

当我天生的五官都能看见

当我天生的五官都能看见，
手指将忘记园艺技能而注意
通过半月形的植物眼，
年轻的星星的外壳和黄道十二宫，
霜冻中的爱情怎样象水果一样在冬天贮藏，
低语的耳朵将注视着爱情被鼓声送走
沿着微风和贝壳走向不谐的海滩，
犀利的舌头将用零落的音节呼喊

爱情的钟爱的创伤已痛苦地治愈。
我的鼻孔将看见爱情的呼吸象灌木林一样燃烧。

我唯一的高贵的心在所有爱情的国土上
都有见证人,他们将在黑暗中摸索着醒来;
等盲目的睡眠降临于窥视的感官,
心还是有情的,虽然五只眼睛都毁灭。

不要温和地走进那个良夜 ①

不要温和地走进那个良夜,
老年应当在日暮时燃烧咆哮;
怒斥,怒斥光明的消逝。

虽然智慧的人临终时懂得黑暗有理,
因为他们的话没有迸发出闪电,他们
也并不温和地走进那个良夜。

---

① 此诗作于诗人的父亲逝世前病危期间。

善良的人，当最后一浪过去，高呼他们脆弱的善行
可能曾会多么光辉地在绿色的海湾里舞蹈，
怒斥，怒斥光明的消逝。

狂暴的人抓住并歌唱过翱翔的太阳，
懂得，但为时太晚，他们使太阳在途中悲伤，
也并不温和地走进那个良夜。
严肃的人，接近死亡，用眩目的视觉看出
失明的眼睛可以象流星一样闪耀欢欣，
怒斥，怒斥光明的消逝。

您啊，我的父亲，在那悲哀的高处，
现在用您的热泪诅咒我，祝福我吧。我求您。
不要温和地走进那个良夜。
怒斥，怒斥光明的消逝。①

---

① 以上五首诗为巫宁坤译。

IV

威廉·巴特勒·叶芝
（一八六五——一九三九）

诗人总是有所发展的，叶芝的特别之处在于，他不仅从象征主义发展到现代主义，而且还超越现代主义，年纪老了，仍然写出很有劲头的好诗。

有两样东西一明一暗地闪现在叶芝的诗里，一个是爱尔兰民族解放运动，一个是他个人的一套神秘主义体系。他同两者都有微妙的关系。简单地说，前者使他的诗增加了英雄主义的色彩，而这在现代英语诗里是少见的——虽然他本人对民族解放运动，特别是武装斗争有保留；后者是叶芝本人用心构筑的，但却没有毁了叶芝的诗，其情况有如叶芝本人所服膺的布莱克。

在这些之上，有叶芝的诗才吸收一切，融化一切。他的理想世界是脱去了人间生死哀乐、只有永恒的艺术的拜占庭之类的地方,这是虚幻的,然而他能写出追求这样一个世界的实际的人的心情,他们的忧虑和憧憬是实在的。他在《再降》这首诗里所写的现代西方文明的绝境:

> 事物崩溃了,中心不能稳住,
> 只有无政府泛滥于全世

也是第一次世界大战以后的欧洲的写照。当他写爱尔兰民族解放运动的时候,他的诗进入另一种境界。一方面他不讳言自己平时对运动中某些人的厌恶和鄙视,但又能够写出起义虽失败,却使每个参加者都变得崇高了:

> 一切都变了,彻底变了
> 可怕的美已经产生。
>
> ——《一九一六年复活节》

这一种悲壮心情使他的诗行也带上英雄光泽,同时表现出诗人有高度的诚实,没有浮泛的感伤情绪。

叶芝初期的诗作是写得绝美的:朦胧,甜美而略带忧郁,充满了美丽的辞藻,但他很快就学会写得实在、硬朗,而同时仍然保留了许多美丽的东西。他的诗歌语言既明白如话，又比一般白话更高一层，做到了透亮而又深刻。就像《一件外衣》那样不过八行的小诗，也是在优美的比喻之后来了清醒的现实感，最后归纳成为既有形象又有哲理的两行：

> 赤身走路，
> 更有胆略。

可惜的是，这一点他在语言上做到了，但在思想上没有做到，神秘主义是比任何神话更沉重的外衣。《驶向拜占庭》整首诗是一大象征，然而其中有极为普通的道理，用最实在的普通语言点明：

> 一个老人是猥琐的东西，
> 一件挂在竹竿上的破衣服

第一行是很少入诗的陈述句，第二行是来自日常生活的普通话，但两者合在一起就产生了神奇的效果：前者变成警句，后者变成确切的比喻。叶芝的诗才于此可见。

但是叶芝最好的作品却是完全不用神话而写实际的一类，

例如：

一九一三年九月[1]

你们需要什么？为什么神智清醒了，
却还在油腻的钱柜里摸索寻找，
在一个便士上再加半个便士，
战战兢兢地祈祷之后再作祈祷，
直到骨子里骨髓全部干掉？
人们生下来只是为了祈祷和储蓄，
浪漫的爱尔兰已经死了完了，
随着奥利莱进了坟墓。[2]

他们可是另外的一群，
提起名字就会止住你们的嬉笑。

---

[1] 此诗的起因是：休·联爵士愿将其所藏法国印象派名画捐献给都柏林市，条件是该市能建造一座画廊，不意遭到许多阻碍，于是撤回捐献（虽然后来在他死后实现了此事）。叶芝对此深有所感，写了此诗，慨叹爱尔兰中产阶级的庸俗保守。诗中的"你们"指都柏林市的有钱市民。

[2] 约翰·奥利莱（一八三〇——一九〇七），爱国志士，终生为爱尔兰独立而奋斗，曾因此坐牢流亡。

他们在世上犹如狂飙掠过,

但没有时间用来祈祷,

绞刑吏早为他们结好绳套,

天知道他们有什么可以储蓄!

浪漫的爱尔兰已经死了完了,

随着奥利莱进了坟墓。

难道孤雁长飞,① 在每个海洋上

展翅,就是为了这样的局面?

为了它流了多少的血,

费兹求洛② 把生命贡献,

史密特③ 和吴夫·董④ 上了刑台,

勇士们慷慨地抛出了头颅?

浪漫的爱尔兰已经死了完了,

---

① 指流亡在外的爱尔兰天主教徒。

② 爱特华·费兹求洛勋爵(一七六三——一七九八),发动抗英起义,受伤而死。

③ 罗伯特·史密特(一七七八——一八〇三),一八〇二年发动抗英起义,失败后被处死。

④ 吴夫·董(一七六三——一七九八),爱尔兰志士,曾引进法军助战,但为英军俘获,死于狱中。

随着奥利莱进了坟墓。

如果我们能倒转岁月，
唤回那些被放逐的人们，
连同他们的孤独和痛苦，
你会喊："哪一个金发女人
使得每个母亲之子这般疯狂！"
他们对自己付出的看如尘土。
让他们去吧，他们已经死了完了，
随着奥利莱进了坟墓。

人们常说叶芝高傲，贵族气，然而在这里他对都柏林有资产的市民的指责又有哪一点不对？那些人只在"油腻的钱柜"上打算盘，不愿为保存艺术品多花一个便士，又怎能对得住曾为爱尔兰独立献身的英雄烈士？爱尔兰的斗争史进入了诗篇，以英雄们的"狂飙掠过""孤雁长飞"来对照这些连"骨髓全部干掉"的庸人们，于是诗人的慨叹"浪漫的爱尔兰已经死了完了"也就成为充分有力、无法辩驳的结论了。这首诗，针对当前时事，然而又摆进历史背景，写得实，但又有一点神秘色彩（例如提到"哪一个金发女人"），形式也整齐，语言透明而又有几个关键的形象，每个形象都一看就懂，很恰当，很美，富于感染力却又不追求先锋派所醉心的奇特效果——实是现代英文诗里最优秀的作品之一。

叶芝还写过诗剧，他同格里高利夫人一起主持的阿贝剧院在爱尔兰文艺复兴中起了重要作用。

与叶芝同时或稍后的诗人，大多佩服他的诗才。他于一九二三年获诺贝尔文学奖奖金。一九三九年正是欧洲双方准备大打的时候，他在战云笼罩下的法国悄然去世。然而悼念他的诗陆续出现，其著者如奥登。三十年代之初，在编《牛津现代诗选》时，叶芝曾说他自己的诗不及奥登等青年诗人那样有时代感，当时奥登他们所师法的艾略特更是风靡一时，但是今天多数的批评家则认为叶芝的成就远远超过他们，他才是二十世纪上半叶最重要的英语诗人。

路易斯·麦克尼斯

（一九〇七—一九六四）

麦克尼斯生于北爱尔兰，在牛津大学茂登学院学过古希腊罗马文学，在伯明翰大学教过书，最后在英国广播公司工作了二十多年，在广播文学和诗歌翻译（如《阿伽门农》《浮士德》）上都有建树。

作为诗人，他属于奥登一代，成名于三十年代。有评论家认为他的重要性仅次于奥登。所作《秋天日记》记录了当时社会动态，犹如全景照相，而韵文整齐流畅，又有十八世纪新古典主义遗风。但有机智而缺乏深度，是其缺点。短诗也有写得好的，《雪》《出生前的祷告》《仙女们》都是。

"仙女们"原是芭蕾舞剧名，它在现代高雅人士之间颇为有名，因为是由斯特拉文斯基根据肖邦的曲子谱成交响乐的，是齐雅格莱夫领导的"俄国芭蕾"舞团在二十世纪初风靡西欧时上演的节目之一。

诗也是从一对青年男女去看这个舞剧开始,全文如下:

仙女们

一天之内的事:他请女朋友去看芭蕾;
由于近视,他没看清什么——
  灰色林子里有白裙片片,
  音乐如波涛起伏,
  波涛上扬着白帆。

花上有花,风信草在风里摇曳,
左边一片花对照着右边一片花,
  涂粉的白脸之上
  有赤裸的手臂在舞动
  如池中的海藻。

现在我们在浮游,他感到——没有桨,没有时间——
现在我们不再分离,从今以后
  你将穿白的缎服,

  系一根红绸带,

  在旋舞的树下。

可是音乐停了,舞蹈演员谢了幕,

河水流到了闸口——一阵收起节目单的声音——

  我们再不能继续浮游,

  除非下决心开进

  闸门,向下降落。

这样他们结了婚——为了更多在一起——

却发现再也不能真在一起,

  隔着早晨的茶,

  隔着晚上的饭,

  隔着孩子和铺子的账单。

有时半夜醒来,她听他的均匀的呼吸

而感到安心,但又不知道

  这一切是否值得,

  那条河流向了何处?

  那些白花又飞到了何方?

即使通过译文，也多少可以看出：诗的音乐和节奏是模仿现代芭蕾舞的：每段起以两长行，如在大步滑行；继之三短行，如回收，如踏步；一张一收，形成一个来回；六段有六个来回，形成一种起伏的运动。写法上有现代诗的突兀，不交代前前后后，但是所用的形象完全能够传达情意和气氛，例如第三段的浮游，桨，白的缎服，红的绸带，旋舞的树，烘托出女主人的风貌。

但是从第四段起，情景变了，芭蕾舞的浪漫仙境消失，代之以现代英国都市里普通人的日常生活。结了婚，两人反而生疏了：

隔着早晨的茶，

隔着晚上的饭，

隔着孩子和铺子的账单

这里形象和句子结构的运用显示出一种现代手法：让实物和节奏说话，无须加一句说明和评论，然而嘲讽自在。

《仙女们》未必是什么了不得的杰作，但是借它来说明现代英国诗的某些特点，似乎还不是一个很坏的例子。

西默斯·希尼
（一九三九—二〇一三[①]）

谈到当今用英文写作的诗人，最引人注意的可能是希尼。

希尼生在北爱尔兰，上了贝尔法斯特的大学，在一个喜欢写诗的教师的指导下，写起诗来，以后就以教书和写诗为生，现在成为英语诗坛上一大家。

他的诗是乡土文学的代表，写的是农民生活，没有多少田园牧歌气息，而是写他们男的挖土，女的搅乳，艰苦得很，笔调也相应地沉重，但是刻画得深，而不走俏皮、高雅的文人诗路子。

北爱尔兰是当今世界上的"热点"之一[②]，经常有爆炸、

[①] 本文写于二〇一三年前，卒年为编者所加。
[②] 从一九六〇年到一九九〇年，由于大多数北爱尔兰人（联合派）希望留在英国，而作为少数派的民族派却希望加入爱尔兰共和国，两派之间时有武装冲突。

冷枪，不同派别的当地人彼此巷战，又分别同英国军警对火。希尼的诗里也是经常有暗杀的威胁，枪手的黑影，黑夜篱笆外有不断注视着的几双眼睛，粮仓里也充满恐怖气氛：

> 我脸朝下躺着，避开上面的恐惧，
> 两只有环的大麻袋像大蝙蝠那样袭了进来。
>
> ——《粮仓》

对于爱尔兰人家，这种恐怖是从儿童时代就开始的，例如在一首题名《警察来访》的诗里，诗人通过一个孩子的眼睛，看经常来他家的一个英国警察如何又来查问了：

> 他的摩托车立在窗下，
> 一圈橡皮像帽斗
> 围住了前面的挡泥板，
> 两只粗大的手把
>
> 在阳光里发着热气，摩托的
> 拉杆闪闪有光，但已关住了，
> 脚蹬子的链条空悬着，

刚卸下法律的皮靴。

他的警帽倒放在地板上,
靠着他坐的椅子,
帽子压过的一道沟
出现在他那微有汗水的头发上。

他解开皮带,卸下
那本沉重的账簿,我父亲
在算我家的田产收入,
用亩、码、呎做单位。

算学和恐惧。
我坐着注视他那发亮的手枪皮套,
盖子紧扣着,有绳子
连结着枪托。

"有什么别的作物?
有没有甜菜、豌豆之类?"
"没有。"可不是明明有一垅

萝卜，在那边没种上

土豆的地里？我料到会有
小作弊，默默坐着想
军营里的黑牢的样子。
他站了起来，整了整

他皮带上的警棍勾子，
盖上了那本大账簿，
用双手戴好了警帽，
一边说再见，一边瞧着我。

窗外闪过一个影子。
他把后衣架的铁条
压上账簿。他的皮靴踢了一下，
摩托车就嘟克、嘟克地响起来。

完全是素描，几乎都是具体的东西和动作，但是情景和空气中充满了对立，也不乏点睛之笔，如"法律的皮靴""算学和恐惧""我坐着注视他那发亮的手枪皮套""军营里的黑牢"。没有亲善，倒是有欺骗——父亲故意漏报一笔萝卜收入。孩子注视着这警察的摩托车和手枪，而警察在临走时也不忘多看这未来的抗英枪手几眼。诗的节奏也是硬邦邦的，没有任何轻柔、甜美的声音。

这是写压迫、敌对、恐怖的诗，然而又是用了卓越的诗才写的，一切都精心安排，就像敌对双方精心安排每一场战斗一样。

从这里我们也可以看出：英文诗到了今天，离开现代主义的意境和技巧已经多远。希尼所做的，是艾略特等人不肯做也不会做的。当然，这主要是因为他们属于两个时代，两个世界，但要紧的还有一点：诗艺也前进了。

对于这样的新诗艺，最好的说明人还是希尼自己。近年来希尼常在美国大学讲课，也曾出现在某些学术会议上。在一九七九年美国现代语文学会的年会上，他针对"尚未说出的对诗的假定"这一题目，做了一次发言。诗人谈诗，不用许多学院派醉心的名词，却能直接进入诗歌问题的核心。他谈的是一个并不时髦但很重要的问题，即：诗的社会作用。

为此他对比了两首当代美国诗，一首是詹姆士·赖特的《写给梨花》，另一首是罗伯特·洛厄尔的《鱼网》。两人都是逝世不久的名诗人，两诗也都不凡。赖特之作也颇有社会意义，因为他羡慕梨树，而憎厌美国的现实，写到明尼阿波里斯街上有一个可怜的老人祈求别人的爱和同情，但结果则是：

他会有风险，
会有嘲弄他的警察，
或者一个能说会道的干练青年
一拳就把他的假牙砸坏，
或者逗引他，
把他带到一个黑暗的角落
猛踢他那无力的下身，
就为了取乐。

而洛厄尔之作表面上只是谈他在诗艺上的自我完善：

鱼 网

任何明净的东西使我们惊讶得目眩，
你的静默的远航和明亮的捕捞。
海豚放开了，去捉一闪而过的鱼……
说得太少，后来又太多。

诗人们青春死去，但韵律护住了他们的躯体；

原型的嗓子唱得走了调；

老演员念不出朋友们的作品，

只大声念着他自己，

天才低哼着，直到礼堂死寂。

这一行必须终结。

然而我的心高扬，我知道我欢快地过了一生，

把一张上了焦油的鱼网织了又拆。

等鱼吃完了，网就会挂在墙上，

像块字迹模糊的铜牌，钉在无未来的未来之上。

  诗很不好懂，但有可追踪的线索：鱼网是诗艺，它企图捕捉海洋的秘密和远方的音乐，而诗人有时太安于静默，有时则又滔滔不绝。许多天才诗人青年死去，不死的则垂垂老矣，如徒有技巧而无新意的老演员，因此"这一行"（可以是诗行，也可以是这一支派的诗人）必须终结了。然而洛厄尔回顾自己的过去，在不断修改自己的作品、使之达到完美的努力中过了一生，还是感到欣慰，因为他没有放弃自己的崇高职责，而且多少留下了一点艺术珍品，尽管人们未必能够看出诗人原意，毕竟给那不可捉摸的未来以一点坚实可靠的东西。这样一读，

我们看出这首诗有中心意义——诗人怎样看待自己的工作；有中心的形象——鱼网能放能收，与水和鱼打着奇妙的交道，有框架之形而又能捕捉最无形的想象世界；有时间的推移，青年夭折的诗人同暮年颓唐的老演员做了对比；最后，还有诗人的自白，那声音里有对诗艺的自信，对不倦地追寻艺术完美的不悔，对进入难测的未来的无畏。

这是一首形式完整、意义深刻而又精心制作的当代诗。但是很可能，人们会问它的社会意义何在？

希尼把它同赖特的诗做了比较，发表了这样的评论：当然，赖特提到了社会的黑暗面，"嘲弄人的警察"和"能说会道的干练青年"就是例证；他甚至表达了要同兄弟们团结的意图。然而他更羡慕开花的梨树，认为它才代表纯洁和"我无法触及的完美"，总的态度是消极的，隐退的。这在艺术上也有痕迹可寻，即他不是力图从解决技巧上的困难中见功夫，而是放松自己，走了自由体的容易一途。因此，"他的风格是传达一种易受伤害的感觉的工具，而不是用来去伤害对手和下达命令的工具。而他放弃传统形式，放弃韵律和句法的严谨而走向节奏和形象上的优美，则是反映了他不相信诗还有承受历史冲击的能力。……他被当代工业社会的现实征服了，于是满足于美的安慰，满足于艺术工作的纯洁性，以此为唯一目的，而不是把它看作一种力量，能够同外面的现实领域联结起来，对它传达自己的声音。"这样，赖特等于默认了社会上的流行论调，即诗已经不对社会发挥积极作用了。

至于洛厄尔，则希尼认为他恰恰相反。他认识自己在历史中的地位，并要求自己的诗能承受住历史的猛烈冲击，对于语言也力求硬朗、准确，因此也就"无言地谴责了那种认为诗歌活动太纯洁，太高雅，经不起当前这一历史时刻的杂乱、粗糙的袭击的论调"。对于《鱼网》本身，希尼进一步做了这样的评论：

> 这首诗初读可能使人觉得作者对自己有点溺爱，因为它谈的是诗人在不断修改自己作品中度过了一生。但是诗行的钢铁框架使诗篇没有坠入自我陶醉；它不是一篇言词，而是一种精心制成的形式，也是一种故意发出的声音，一开始像音叉那样甜美，而结束时则只听见一下下猛烈的撞击，像是有人在毫不客气地猛叩门上的铁环。此诗有一种内在的生命，它是在千方百计地向一个形式行进——理解了这一点就会使我们不只注意它表面上所作的"无能为力"的宣告，而还注意到洛厄尔对于诗艺所给他的职责的内在的信任。我们看出了这点，也就受到作者所作承诺的鼓励，

并在这种承诺里听到了权威的声音。

这一段话,出自希尼之口,是特别值得注意的。它不仅赞颂了洛厄尔,而且也解释了希尼本人的诗歌意图。在二十世纪八十年代,他在西方世界重新强调诗的"伤害和命令"的能力,诗的战斗作用,重申诗是社会生活里的积极力量,但他又同时指出,必须还有对诗艺的不倦的追求;追求完美的努力本身也就是对恶势力的斥责。由于希尼本人的作品体现了积极性和完美性的新型结合,他的这番话也像洛厄尔的作品一样,包含了"承诺"和"权威的声音"。

V

沃尔特·惠特曼
（一八一九——一八九二）

一

初读惠特曼，第一个反应总不免是惊奇。请看他一上来就这样宣告：

> 我赞颂我自己，歌唱我自己。
> ……
>
> ——自己之歌（1）

> 我是肉体的诗人，也是灵魂的诗人，
> 我身上有天堂的快乐，也有地狱的痛苦，
> 我让快乐在我身上生根，成长，我把痛苦
> 　译成一种新的语言。

> 我是男人的诗人,也是女人的诗人,
>
> 我说女人同男人一样的伟大,
>
> 我说再没有什么能比人的母亲更为伟大。
>
> ——自己之歌(21)

再看他这样介绍他自己:

> 沃尔特·惠特曼,一个宇宙,曼哈顿的儿子,
>
> 粗暴,肥壮,多欲,吃着,喝着,生殖着,
>
> 不是一个感伤主义者,不高高站在男人和女人的上面,
> 　或远离他们,
>
> 不谦逊也下放肆。

过去的诗史上,几曾有过一个诗人这样坦率地谈自己呢?请注意,他说自己是"一个宇宙"——这气魄就更是前无古人了。

然而他是一个夸大狂吗?他那诗句就尽是这类的大话吗?不是的。他也可以细腻,温柔,具体:

> 在西部远处,我见过猎人在露天举行的婚礼,新娘是一个
> 　红种女人,

沃尔特·惠特曼 / 123

她的父亲和她的朋友们在旁边盘腿坐下,无声地吸着烟,
　　他们都穿着鹿皮鞋,肩上披着大而厚的毡条,
这个猎人慢悠悠地走在河岸上,全身上下穿着皮衣,他的
　　丰盛的胡子和卷发盖住了他的脖子,他用手牵着他的
　　新娘,
她有长睫毛,头上没戴帽子,她的粗而直的头发披拂在她
　　的丰满的四肢上,一直到了她的脚跟。

　　　　　　　　　　　　　　　——自己之歌(10)

这是对于红印第安人的写照,字里行间充满了赞赏。同样,他也怀着佩服和欣悦写美国的另一个少数民族的成员:

黑人紧紧地捏着四匹马的缰绳,支车的木桩晃摇在它的
　　链子上,
赶着石厂的马车的黑人,身体高大,坚定地一只脚站在
　　压条上,
他的蓝衬衣露出宽广的脖子和胸脯,下摆松开在腰带
　　上,
他的眼神安静而威严,他从前额上将耷拉着的帽缘向后
　　掀去,

太阳照着他卷曲的黑发和胡子,照着他光泽而匀称的黑
　　色肢体。

我看到这个图画般的巨人,我爱他,但并不在那里停留,
我也和车辆一起前进了。
　　　　　　　　　　　　——自己之歌(13)

在他的笔下,黑人是高大的,庄严的,美丽的。我们还看见这样的一景:

逃亡的黑奴来到我的屋子前面站着,
我听见他走过时木堆上枯枝断裂的声音,
我从开着的厨房门里看见他又跛又弱,
我走到他坐着的木头旁边把他领了进来,叫他放心,
我给他打了一桶水让他洗身上的汗垢和脚上的伤口,
我让他住在我屋子的里间,给了他几件干净的粗布衣服,
我清楚记得他当时转动着眼珠,露出不自在的神情,
记得我把药膏涂在他的颈部和踝骨的伤口上。
他在我这里住了一个星期,等到养好了伤才上路去了北
　　方,

> 我让他紧靠我坐在桌旁,我的火枪就靠在墙角。
>
> ——自己之歌(10)

他何止同情!他把这位黑人流亡者照顾得多么周到,每个细节都令人难忘,而最后的"火枪"一笔又反映了他是准备用武力来保护他的客人的。过去的诗里有过这样的场面吗?

  当然,他更多地写他周围的白人,而这些人也不是过去诗里常见的一类。简单地说,这里的男人大多是壮健的,开朗的,是各种职业的劳动者,是在这个辽阔新大陆上大步前进的拓荒者;他的诗篇的题目——《大路之歌》《从巴门诺克开始》《横过布鲁克林渡口》等等——就给我们一种开阔、活跃、刚强的印象,而题目之下的诗行则往往比我们预期的还要新颖和丰富。他决不是那种题目很好听而内容贫乏的诗人。他笔下的女人也不是过去诗歌里所见的名媛,淑女,捧心的怨女,百无聊赖的贵妇,而是

> 新婚一年的妻子产后已经复元,她因为一星期前生下了
>   头一胎的孩子而感到快乐,
> 有着美发的美国女子,在缝衣机上,或在工厂纱厂工作
>   着。
>
> ——自己之歌(15)

> 我听到母亲的甜美的歌,工作着的年轻的妻子的和缝
> 衣、洗衣的女孩子的歌。
>
> ——我听见美洲在歌唱

总之,是日常生活里的真正的妇女。而且不论是男是女,他们是各有所事的,能干的,有着强健的四肢的。他们也是美丽的,首先因为他们有美丽的肉体:

> 男人和女人的肉体的美是难以形容的,肉体本身
> 是难以形容的,
> 男性的肉体是完美的,女性的肉体也是完美的。
>
> ——我歌唱带电的肉体(2)

虽说是"难以形容",惠特曼还是形容了,而且他那种写法——既具体写人身的各部分各器官各种动作,又伴之以赞颂,咏叹,挑战式的反问,大的哲理性的肯定,等等——是特别诱人的:

> 一个健全男人的表情,不仅出现在他的脸上,
> 也在他的四肢肌肉上,更奇妙地出现在他的臀和腕的肌

肉上,

也在他的步态上,在他的颈脖的姿势,在他的腰和膝的弯
　　曲上,衣服盖不住他,

他的刚强而又温和的气质透过衣料显露出来,

看着他走过如读一首最好的诗,也许超过读一首好诗,

你依恋地看着他的背影,他的肩背和脖项的背影。

——我歌唱带电的肉体(2)

这是女性的形体。

从头到脚都散发着神圣的灵光,

它以强烈的不可抵抗的吸引力,吸引着人,

我被它的气息牵引着,就像我只是一种任人摆弄的气体,
　　除了它和我之外,一切都消失了,

书籍,艺术,宗教,时间,看得见的坚实大地,希望得
　　自天堂的一切,惧怕见于地狱的一切,都消失了,

狂热的纤维,不可控制的射线从中迸发,而反应也同样
　　是一发而不可收拾……

——我歌唱带电的肉体(5)

这样的诗,对于有着清教主义传统的美国的正人君子,当然是

一种冒犯,无怪乎惠特曼被指责为写淫诗,因此而在一八六五年丢掉了他在美国内政部里的公务员职位。其实他早已在诗里回答了当时以及后来的指责者:

> 谁能否认:败坏了自己肉体的人才遮掩自己的肉体。
> 男人的肉体是圣洁的,女人的肉体也是圣洁的……
> ——我歌唱带电的肉体(1与6)

> 神圣中之神圣便是一个男人或女人的肉体,
> 一个高峰和花朵……
> ——自己之歌(30)

> 通过我而发出被禁制的呼声:
> 性和肉欲的呼声,原来隐在幕后而现在被我公开了
> 原是淫亵的呼声被我明朗化和纯洁化了。
> ——自己之歌(24)

但是仅仅说惠特曼醉心于"生的欢乐"还不够。他所着眼的是要在美洲这块新大陆上,建立起一种新生活,这当中不容许旧大陆的禁欲主义和封建禁忌的任何遗留,因为这是一个自由人

的新社会。惠特曼对于肉体的歌颂是他的民主理想的一个构成部分。在他眼里，有着"女性的形体"的人同时也是政治活动家：

> 那里妇女在大街上公开游行，同男人一样，
> 那里她们走到公共集会上，同男人一样取得席次。
> ——斧头之歌（5）

这一种意境又岂是过去那些写女人美貌的诗人所能企及！毫无疑问，一个前无古人的新诗人——戴着宽边帽，穿一件露出胸口的布衬衫，一手叉腰，一手插在裤袋里，像是对什么都不在乎，都敢于挑战——出现在经历着深刻变化的美洲大陆之上了！

二

同样令人惊奇的，是惠特曼诗所采取的形式。

首先，他写的是自由诗（freeverse），即他的诗不仅没没脚韵，而且每段的行数和每行的字数都无定规。有时只是短短几字一行，两行就成一段：

> 打开大门上的锁！

从门柱上卸下门来!

——自己之歌（24）

更多的则是许多字组成的长行，许多行组成的长段，语句像潮水般涌向前去：

> 管风琴的高台上有音色纯美的女低音在歌唱，
> 木匠在修饰着厚木板，刨子的铁舌发出咻咻的声音，
> 已婚和未婚的孩子们骑着马回家去享受感恩节的夜宴，
> 舵手抓住了舵柄用一只强有力的手臂将它斜推过去，
> 大副紧张地站在捕鲸船上，枪矛和铁叉都准备好了……

一泻67行，直到诗段之末：

> 这一切都注入我的心，我则向外迎接它们，
> 它们之中或多或少都有我自己，
> 我吸收了这所有一切而编出自己的歌。

——自己之歌（15）

在这里我们已经看得出惠特曼的"列举法"：女低音，木匠，

孩子，舵手，大副，猎野鸭的人，教会的执事，纺织女郎，农夫，疯人，印刷工人……各种职业。惠特曼还特别写过一首很长的《职业之歌》，其中第5节把各种劳动行业、机器罗列了一遍。罗列、开账单、开目录——惠特曼经常利用这些方法，有时做得太过分了，使他的诗句沉闷，味同嚼蜡，但更多成功的时候，那就能产生一种累积的强调力量，大量的并列句发出一种独特的韵律——惠特曼虽然不用传统的英诗韵律，却并非没有他自己的韵律，但能随内容和情调而变，例如在《自己之歌》将近结尾处来了这样的一问一答：

> 我自相矛盾吗？
> 好，就算自相矛盾吧，
> （我大得很，我包罗万象。）

这问答使得诗句能从前面的高昂状态降到低语的水平，口语色彩增强了，而把警句——"我大得很，我包罗万象"是一个既蕴藏深刻意义又出之以新鲜形象的绝好警句——放在括弧里，使读者到此声音放低，而这放低处却又正是突出处，惠特曼的功力是不需多加说明的了。

同样地，在一首诗的通篇结构上，惠特曼也是用了心思的。例如《斧头之歌》，从描写斧头本身开始：

> 形状美丽的，裸露的，青白的武器，

经过一长串的运用斧头的诸色人等的列举，进入到由斧头引起的各种思绪、联想、感慨、展望，而最后几节则是一系列的人生处境的图景，其起句都是：

> 形象出现了！

如此重复五次，到第11节变成：

> 她的形象出现了！

最后在第12节归结成为：

> 主要的形象出现了！
> 全部民主的形象，这是若干世纪所造成的结果，
> 永远反映别的形象的形象，
> 扰攘的雄壮的城市的形象，

> 全大地上好客者和朋友们的形象,
> 拥抱大地又被大地拥抱着的形象。

这里,在结构上的匠心也是显然的。正是这匠心,这艺术,使得读者最后获得一种完整的感觉——完整的形式,同时也是完整的内容,从一把斧头圆满地进到一个民主的、好客的新社会的形象。

虽然如此,惠特曼给人的总的印象却是他的自由驰骋的能力。他是一个真正的创始者,不讲传统英诗的章法、韵律、习惯种种,而是随心所欲地写下他所要表达的;不讲温柔敦厚,而一味走极端。问题是,他为什么要这样?是碰巧写了自由诗,还是有他自觉的艺术企图?他对此是有回答的,而且用了他惯常的直率、形象的语言:

> 我寻求大风,有力量的风,足以与我们这一大陆相称的风,可是……
> 我只看到萎缩的无力的手指在摇动一些小小的可笑的扇子。

这是他对于他以前的美国诗风的否定。当然,在他以前,美国诗坛并非无人，朗费罗、爱仑·波，甚至主要是以散文著称的爱默森都是不错的诗人，但是他们都没有能够突破传统英语诗的格局，因此虽有新意，却无新的诗风。惠特曼则比他们看得远，也做得彻底。他这样解释自己的作品：

> 我写的是新的风格，而它之所以成为必要，是因为有了新的理论、新的主题，而后者是美国为了它的目的而硬加在我们头上的。[1]

很明显，他是为了要写他所在的新大陆而要求新的诗风——新的风格、语言、节奏；不是为了别的，而是为了表现新的现实。他的艺术企图是与他的主题思想不可分的。这一点，他在诗里也说得清楚：

> 多少世纪的滔滔不绝的话语呵！
> 而我只有一个现代的字：人群。
> ……
> 我接受现实，我不怀疑它，

---

[1] Edwin Haviland Miller. The Correspondence. 1. New York: New York University Press, 1961: 46.

唯物主义始终洋溢着。
我的语言不重提事物的属性,
而提示无人提过的生命,也提自由和解脱,
不采用中性的和被阉割的东西,而喜爱健全能干的男人和女人,
并且敲起反叛的铜锣,同流亡者和谋反的人厮混。

——自己之歌(23)

这是惠特曼的美学思想,它同他的群众性、唯物主义、民主思想是完全一致的。

三

惠特曼是地地道道的一本书主义者。他一生只写了一本诗集,即《草叶集》。

然而《草叶集》却同春天的青草一样,是在不断生长的。它初版于一八五五年,经过一八五六、一八六〇、一八六七、一八七一、一八七六、一八八一等年的新版,直到一八九一——一八九二年的所谓"临终版",将近四十年中一共出了七版,中间不断修改、增补,原来不过十二首诗,最后成为洋洋大观

的诗文合集。对于版本学者,《草叶集》成为现代文学中一个麻烦而又颇饶兴趣的研究对象。

重要的还不是数量上的增加,而是诗集的内容随着变得丰满和深刻起来。

这当中有历史的原因。《草叶集》出版不久,美国内战(一八六一——一八六五)爆发了,而等内战结束,又发生了林肯总统被刺的大事(一八六五)。对于这些事件惠特曼是有深刻感触的。他在内战时期做了一件异常的事,那就是到前线去看他受伤的弟弟,后来又每天到华盛顿的医院里去照顾伤兵。他的真诚和体贴感动了他们,他成为他们的知心朋友。内战的间接影响是惠特曼写了《桴鼓集》;林肯总统之死则使他写了题为《上一次紫丁香盛开于庭院的时候》的有名悼诗。

如果说惠特曼的初期诗作洋溢着乐观精神的话——而有些批评家因为这一点而说他肤浅——那么在内战的阴影里他的感情变得深沉了。其实,早在内战以前,他对于这个新国家的许多黑暗现象就已经深有所感:

我坐着远望

我坐着远望世界的一切忧患,一切压迫和羞辱,

我听到青年人由于做了错事而恨自己,抽搐着哭泣起来,

我看见贫苦的母亲为她的子女所虐待,快死了,无人照
　　　顾,骨瘦如柴,处于绝境,
　　我看见丈夫折磨妻子,我看见青年女子被坏人引诱,
　　我注意到人们竭力遮掩妒忌和失恋的痛苦,我看见地球
　　　上有这类景象,
　　我看见战争、瘟疫和专制的后果,我看见殉道者和囚徒,
　　我看见海上的饥荒,看见水手们在拈阄决定谁该为了救
　　　活大家而先死,
　　我看见傲慢者把轻蔑和侮辱扔向劳动音、穷人、扔向黑
　　　人和其他人,
　　这一切——这所有的卑鄙,这无尽的痛苦,我坐在这里
　　　都望得见,
　　看到了,听到了,但我沉默着。

说"沉默"只是诗人在责备他自己没有起而斗争,其实他写这首诗就是打破了沉默。写此诗的时间是在一八六〇年或略前,这时废止与维护黑奴制已从激烈辩论转到政治上的尖锐对抗,内战的风暴已在逼近。惠特曼在这里特别提到"傲慢者把轻蔑和侮辱扔向劳动者、穷人,扔向黑人和其他人",使我们回想起他在《自己之歌》里所写细心照顾过路的逃亡黑奴的情景,

当时他还表示了为了保护黑人他是不惜拿起枪来的。一八六一年，美国终于爆发内战，大群的人为了反对蓄奴而拿起枪来了。惠特曼对此感到兴奋。内战初起，他写了《敲！敲！敲鼓吧！》和《1861年》等诗，充满了夺取胜利的决心：

敲！敲！敲鼓吧！——吹，吹号吧，吹吧！
不要谈判——不要停下来听什么规劝！

这诗写在南方军队取得一次重大战役胜利之后，起了鼓舞北方的士气、号召更多的人参军的作用。而对于那历史性的一八六一年，惠特曼是这样歌颂的：

武装的一年，斗争的一年，
可怕的一年，你无需纤巧的韵律和感伤的情诗，
你不是苍白的诗客坐在书桌旁有气无力地哼着回旋曲，
你是一个昂然的壮汉，穿着蓝衣服，大步前进着，肩上
　扛一杆步枪，
你有硬朗的身子骨，晒黑了的脸和手，腰带上插一把刀，
我听见你高声喊着，你洪亮的声音在整个大陆上回响着，
呵，年代！你那男性的声音在无数伟大曲城市之间升起！

总之，美洲的新诗歌发挥了它的战斗作用：不要旧世界的浅唱低吟，而要震动新大陆的鼓声，号声，吼声。

然而随着这场战争的进展，诗人的情感变得复杂起来。一方面，他期望战火烧掉美国身上的污垢，出现一个新时代；另一方面，由于他在前线和医院亲眼目睹了大量伤亡，他又认清了战争的残酷的一面。渐渐地，金鼓齐鸣的战歌少了，写伤兵痛苦的诗多了，而且除了写流血与呻吟之外，还写诗人自己面对这些景象时的凄凉之感。他已不再高呼，而是在忧郁中低语着。请看这一时期他用的诗题：

> 有一晚我在战场上奇异地守夜
> 在战败的队伍里走着难测的道路
> 灰色而阴暗的黎明下营地一瞥
> 艰难地跋涉在弗吉尼亚的森林里
> 当我把头躺在你的怀里的时候，伙伴

在这些诗里，弥漫着一种异常感人的沉思情调。即使似乎在写景，也是带着沉思：

往下看，秀美的月亮

往下看，秀美的月亮，让你的光弥漫，

把夜晚的大片清光柔和地照在死人的脸上，这些阴森、浮
肿、紫涨的脸上，

照在摊开两臂横躺着的死人身上，

慷慨地，用你那圣洁的大片月光。

古今中外多少诗人写过月亮，似乎没有一个写得像惠特曼这样沉痛。同时，我们又必须说：这又是真正美丽的诗。《草叶集》的成长让我们看到了惠特曼的许多不常显露的方面。我们记得惠特曼在一八六一年还在告诫世人：

> 别管那些胆小鬼，别听人们的哭声和祷告，
> 别管老年人对年轻人的祈求，
> 别听儿童的叫声和母亲的哀恳……
> ——敲！敲！敲鼓吧！

而经过四年的兄弟大残杀之后，他却写了一首情调完全不同的诗：

和 解

超越一切的一个字，像天空一样美，

美在战争和一切屠杀行为终必消失在时间之中，

美在死亡与黑夜这对姊妹的手会不断地、轻柔地把这个弄脏了的世界洗了又洗；

原来我的敌人已经死了，一个同我一样神圣的人已经死了，

我看见他躺在棺材里，白森森的脸，一动不动——我凑近去，

弯下身用嘴唇轻轻地亲了棺材里的白脸。

诗人用动人的形象表达了对于战后全国和解的渴望，而"一个同我一样神圣的人"则泄露了他的充满着人类爱的人道主义，给予这首小诗以更大的思想深度。

然而正在共和国绑扎起创伤，想要摆脱战争噩梦大步前进的时候，胜利的建造者林肯总统被刺了。惠特曼陷入悲痛之中。他整个的灵魂受到震撼，所受的创伤远远超过任何个人生活上的不幸。但是他不是呻吟者——他向来是鄙弃呻吟的。他把他的悲痛倾吐在诗里：

> 呵,船长!我的船长!我们的可怕的航程已经结束,
> 船儿渡过了一切艰险,我们所追求的奖品已经到手,
> 港口就在前面,钟声已响,人们在欢呼,
> 无数眼睛在注视着我们的船稳稳驶近,它威严而又勇敢,
> 　可是呵!心呀!心呀!心呀!
> 　　呵!鲜红的血在滴着,
> 　　　我的船长在甲板上倒下了,
> 　　　　全身冰冷,死了。

这就是至今传诵的《呵,船长!我的船长!》,全诗不过三节,呼声是急迫的,然而形式却是异乎寻常的完整,破例用了脚韵——也许因为诗人希望更多的美国人民能够随着这个比较传统的节奏而慷慨悲歌。

他一连写了几首,其中最值得注意的是一首长诗,即《上一次紫丁香盛开于庭院的时候》。

这首诗是静静地开始的:

> 上一次紫丁香盛开于庭院的时候,
> 一颗大星在西方的夜空陨落了,
> 我哀悼着,而且每逢春天重来我又要哀悼。

沃尔特·惠特曼

这里用大星象征林肯是显然的,但是紫丁香的出现却不平凡。当然,它有事实根据:林肯被刺于一八六五年四月十四日,正是紫丁香盛开的时候,而且在林肯下葬的时候,人们看见他的棺木上也堆满了紫丁香。[①]诗人抓住这个事实,但是给予紫丁香以更多的联想,例如在诗的第三节,出现了这样的景象:

> 在一处旧农屋的前院,离开白色栏杆不远,
> 有一株高大的紫丁香树挺立着,它有鲜绿色的心形叶子,
> 长着秀气的尖花,散发着我喜欢的浓香,
> 每一片叶子都是一个奇迹

北美洲农村的自然景色带来了生机,而"奇迹"则暗示死者的精神是不死的,这样境界就开阔起来。下一节出现了一个新因素:

> 在沼泽地的僻静的深处,
> 一只隐藏着的羞怯的小鸟在唱歌。

> 孤独的画眉鸟

[①] Gay Wilson Allen. The Solitary Singer: A Critical Biography of Walt Whitman. New York: Macmillan Publishers Limited, 1955.

> 隐士般躲在一边,避开有人处,
> 独自唱着歌。

> 唱着啼血的歌,
> 解脱死亡的生命之歌,(因为,亲爱的兄弟,我知道,
>   如果不让你唱歌,你就一定会死亡。)

这里有僻静、孤独、流血的嗓子,然而又充满了柔情:歌声,亲爱的兄弟;这里有解脱死亡的希望,也有沼泽地的清冷而又滋润的美。

接着而来的则是死去的伟人的最后旅程——一列火车载着他的棺木从华盛顿向一个五百英里以外的伊利诺斯州行进,穿过无数城市和农村,穿过人群:

> 长而弯曲的行列,黑夜里打着火把,
> 无数的火把,静默的未脱帽的人脸之海……

这时一系列的并列句发出火车头进行的节奏,而最后又回到诗人本人:

> 这儿,缓慢通过的棺木,
> 我结你一枝紫丁香。

在以后的几节里,我们看到一种争夺,即鸟与星在争夺诗人。鸟的歌声在召唤他,而同时

> 我的离去的同志的星拉住了我,要我停留。

这一争夺给予了诗的后半以新的戏剧性。几经反复,中间出现了战后美国的展望:

> 生长的春天之图,农庄和家园之图……
> 身旁的城市,密排的房屋,如林的烟囱,
> 生活的一切景象,以及工厂,下班回家的工人。

也出现了战争回忆,然而已如幻象;对比之下,死亡失去了恐怖的力量,诗人随着画眉鸟唱起了颂歌:

> 来吧,可爱的给人安慰的死,
> 你荡漾在世界上,宁静地到来,

> 白天来，黑夜来，来到每个人、所有人身上，
> 或迟或早都来，温柔的死。

最后，幻景和黑夜都消逝，鸟的生命之歌变成胜利之歌，诗人的精神升华了，然而他并没有忘记死去的同志——全部他所爱的同志们，首先是

> 我全部岁月和国土上的最温和、最智慧的灵魂——为了他的缘故，
> 紫丁香、星、鸟同我灵魂的歌结合在一起，
> 在喷香的松树和幽暗的柏树之中。

这结尾是沉静而又崇高的，惠特曼把痛苦的经验化为艺术，在过程里他寻到了希望。

四

《草叶集》的不断丰富与加深说明了许多事情：诗人在思想和艺术上的发展，他的活力和不停留在已得的成绩上，他所反映的变化，以及后来的《欧罗巴》《法兰西之星》《西班

牙：一八七三——一八七四》等诗所反映的美国、欧洲和世界的变化……

而我们的阅读却是有限的，表面的。每打开一次《草叶集》，总使人感到可以发掘的东西之多，像是每一次都是初见，而初见总是浮光掠影。

虽然如此，它的力量已经充分显露。从它的初版在一八五五年问世以来，历来咒骂它的人多而凶，就证明它是有长远的刺激性的。它所建立的美国本土诗的传统已经坚不可拔，这一点今天看来更加清楚，惠特曼自称是"一个粗人"，当然不是高雅之士所喜欢的；后来从高雅之士中出现了现代派，他们曾在两次大战之间风行一时，但是惠特曼仍有赞美者。现代美阿诗的主要代表者之一威廉·卡洛斯·威廉斯曾把现代派的杰作——艾略特的《荒原》——称为"大灾难"，而认为惠特曼才是真正有胆略的创新者。到了五十年代中期，美国的新诗人更是扬弃艾略特而用更大的步伐走惠特曼的路。艾伦·金斯堡——"垮掉的一代"中的诗人——曾经这样表达他对于惠特曼的怀念：

> 今晚我多么想你呵，瓦尔特·惠特曼，当我沿着小街在
> 　树下走着，感到惹人注意，头痛，看着天上的满月，

> 在我的极度疲惫里,为了搜求形象,我走进一束亮着霓虹灯的水果超级市场,梦想着你的一长串的列举!
> ……
>
> ——加利福尼亚的一家超级市场

"垮掉的一代"也是"粗人",也是着眼于美国本土的风貌和人物,在精神上和形式上都是惠特曼的后裔。试看金斯堡的长长的句子,口语体诗歌语言,演讲式的节奏,无一不是《草叶集》的嫡传。其实,只要打开任何当代美国诗的选集一看,就会知道惠特曼式自由诗已经成为今天英语诗歌中的一大主流。从整个英语诗的历史来说,《草叶集》和它的追随者是继十六、十七世纪英国文艺复兴和十九世纪初期英国浪漫主义之后的第三个高峰:在浪漫主义的盛日已逝,剩下丁尼生、勃朗宁、先拉斐尔派等人在做微弱的叹息或进行怪诞的技巧试验的时候,"美洲的猎人苏醒了",惠特曼异军突起,用全新的内容和全新的艺术替英语诗开辟了一条新的大路,真所谓石破天惊,一本诗集扭转了整个局面。这是不可磨灭的历史功绩,而且这历史今天还在继续演化之中。

惠特曼的影响不限于美国或英语国家,他的文名原来国外盛于国内:有人说他先成为世界诗人,后成为美国诗人。他到处都有同志，中国也不例外。一九二〇年当中国的白话新诗初露锋芒的时候，人们听见郭沫若这样高呼：

晨安！华盛顿的墓呀！林肯的墓呀！惠特曼的墓呀！
啊啊！惠特曼呀！惠特曼！太平洋一样的惠特曼呀！
　　　　　　　　　　　　　　——《女神·晨安》

《晨安》的内容和形式都是受了惠特曼启发的。也是在惠特曼的启发之下，这位年轻中国诗人写出了另一首出色的诗：

笔立山头展望

大都会的脉搏呀！
生的鼓动呀！
打着在，吹着在，叫着在，……
喷着在，飞着在，跳着在，……
四面的天都烟幕蒙笼了！
我的心脏呀，快要跳出口来了！
哦哦，山岳的波涛，瓦屋的波涛，
涌着在，涌着在，涌着在，涌着在呀！
万籁共鸣的 Symphony，

自然与人生的婚礼呀!

弯弯的海岸好象 Cupid 的弓弩呀!

人的生命便是箭,正在海上放射呀!

黑沉沉的海湾,停泊着的轮船,进行着的轮船,数不尽的轮船,

一枝枝的烟筒都开着了朵黑色的牡丹呀!

哦哦,二十世纪的名花!

近代文明的严母呀。

——《女神》

人们读着这首诗,不禁想起惠特曼的《船只的城市》:

船只的城市!

(哦,黑色的船!哦,凶相毕露的船!

哦,美丽的尖头的汽船和帆船!)

世界的城市!……

想起《曼那哈达》:

无数拥挤的街道,钢铁长城的高楼,细长,结实,轻快,

> 壮丽的涌向晴朗的天空……

影响是显然的。然而郭沫若却没有仅仅模仿,他有他自己的创新,他利用汉语语法的特点,写出了:

> 打着在,吹着在,叫着在,……
> 喷着在,飞着在,跳着在,……
> ……
> 涌着在,涌着在,涌着在,涌着在呀!

这样新颖而有力的诗句,这样急骤的节奏,其重复和重复中的小变异更增强了那种一切在跳跃、鼓动、涌上前来的效果。而且郭沫若还有他的细致、敏感的地方,把弯弯的海岸比作爱神之弓是鲜亮的比喻,而咏叹:

> 一枝枝的烟筒都开着了朵黑色的牡丹呀!

则近乎波特莱尔式的世纪末形象了!此外,全诗在狂热中见出完整(比通常惠特曼的诗要短得多,也显示出更大的艺术纪律)则又纯然是中国古典风的。

惠特曼同中国诗的遇合是世界诗史里又一个决定性时刻。郭沫若身上有着从儿童时期就开始熏陶他的中国古典诗的传统，后来他还要回到这个传统去，然而在一九二〇年左右，他却在《草叶集》的刺激下进行了有意义的创新，写下了至今读来还令人欢欣的好诗。他的表现并不是无懈可击的（例如把两个英文字Symphony与Cupid放进诗里，固然增了新鲜感，却使这首本来可以朗诵的诗变成难读，变成只有一部分知识分子才能接受），然而影响却已造成：郭沫若师法惠特曼，别的年轻中国诗人又仿效郭沫若。中国新诗里的豪放传统从此而始，而豪放在中国社会的现实环境里很快就从诗人的个人抒情发展为民主的、群众性的强大的歌声。

把英语诗从浪漫派以后的颓风拯救出来，又强有力地影响了世界各处的诗歌，包括中国这样有几千年灿烂传统的诗歌，而且至今余波未息，各种各样的阐释和仿作还在涌现——《草叶集》确是一丛鲜绿的草，植根于大地，从土壤汲取营养，饱经风雨而仍然繁殖，生长……

罗伯特·勃莱
（一九二六—）

事情得从澳洲说起。我们在阿得雷德参加艺术节的"作家周"，碰上了美国诗人罗伯特·勃莱（Robert Bly），一个高大的中年汉子，声音洪亮，不穿外衣而单穿一件大红背心，系一条宽宽的大红领巾（称之为领带是太大了），用一种洒脱而亲切的态度招呼着别人。

过不几天，他来到我们所住的旅馆房间，随带一个长长的乐器匣子，一打开，原来是一架有弦的木琴。他就拨着弦，朗诵起他自己的诗来。朗诵的声调是低沉而不做作的，没有戏剧性的突然高昂；那木琴的伴奏也是即兴之作，听不出什么特别曲调。

他所读的诗的题目是《想到〈隐居〉》，其中的《隐居》据说是中国白居易的一首诗，也就是说他这作品是受了白居易的启发而写的,现在他来读这首诗是为了表示他欣赏中国古典诗。这一情景——高大的诗人,古朴的长琴和那说话式的朗诵——在我的心上留下了难忘的印象。

在此之前,我已经读过了他的一些诗,并且在我的一个大本子上抄下了若干首。我爱他诗笔的新颖。这新颖,一则见于若干首的标题:

> 新的诗歌的可能性
> 工业革命之后,事情一齐发生了
> 那些正在被美国吃掉的人
> 反对英国人之诗
> 梅里特公路上的冰雹
> 驾车驶向"言语之湖"
> 大雪之前的长途步行
> 在刚犁过的田里走路

标题有什么值得注意的?但是勃莱和他的诗友们确是在标题上下功夫的。他的好朋友詹姆士·赖特(James Wright,一九二七——一九八〇)比他走得更远,曾给所作的一首诗加上这样一个标题:

> 读了一卷坏诗，心情抑郁，于是走向一处闲置的草场，央昆虫来作伴

其情其文，宛如白居易某些诗的标题。勃莱本人之喜诵由白居易《隐居》所启发的那首诗，也不是出于偶然。后来听我说起这些诗的标题写法别致，勃莱就告诉我，他和他的朋友们确是受到中国唐诗的影响。

内容上也有近似唐诗之处。勃莱写山水，写草木虫鱼，写农场生活，用笔也淡雅，几乎可以说是一个新的"自然诗人"。他的白描手法也近似，他总是静悄悄地让具体事物、具体动作来说出他的心情。然而"近似"却不是"相同"。勃莱之所以新颖，还在于他的诗笔饱含着当代美国的情感气氛。就以《梅里特公路上的冰雹》一诗为例，他一上来就写他驾车走过沉静的街道，接着：

> 看到宽街上无人清除的大片冰雹，
> 我想起道旁延伸多里的舒适住宅，
> 两三层高，坚实，有打蜡的地板，
> 楼上卧房窗子挂着白帘，
> 窗台上放着黑玻璃的小瓶香水，

> 温暖的浴室里有灯光和待客的毛巾——
> 让孩子在这样的地方长大该多好!
> 可是孩子们最后却跌进操纵价格的黑河,
> 或者面对疯人院的一片雪野。

环境的舒适如彼,而青年人的结局又如此,勃莱是触到了这个"汽车社会"的创痛的。说汽车社会也是名副其实的,勃莱有多少首诗都是写驾着汽车出行,而且一上路就是几百英里,地方是开阔的,自然景物也是多变的,但人们建造的城镇却似乎出自一个模子,而坐在方向盘后面的每个汽车驾驶者则有一种工业社会独有的寂寞感、孤独感。

这也就是说,勃莱的诗是地地道道的美国现代诗,然而又有他的个人特色。他混合了叙事和抒情,写实和奇想,山水和政治——在反对越战这一点上他比任何别的诗人更加甘冒风险,像《牙齿母亲终于赤裸了》那样的诗便是明证:

> 海军陆战队用打火机去点着茅草的屋顶
> 因为美国有这样多的私人住宅

在这里,愤怒采取了嘲讽式的对照形式。

后来，我又读到了勃莱所译的聂鲁达和巴列霍的诗，才知道他又是一个出色的翻译家。

因此，当勃莱在我们的旅馆房间拨弦而诵的时候，我是高兴的。当初在北京看到去澳开会的各国作家名单上有勃莱，我就是希望能见到他的。如今，这希望实现了。

然而，一个国际"作家周"那样的会议场合虽然提供了大家见面认识的机会，却不给参加者彼此长谈的时间。会议节目繁多，人人都在忙着，一转眼七天过去，会议结束，刚结认的朋友就要分手了。

勃莱的家在美国中北部的明尼苏达州。碰巧我也很快要去那里的大学讲课。于是我们相约：两周后在明尼阿波里斯城会面。

但是等我到达明城之后，却找不到勃莱。原来他到别处朗诵去了；他在澳洲曾经对我说过：他现在就靠每次朗诵所得的报酬过活。因此他总在奔波着。我也忙着对一群美国男女青年讲课，卷进了美国大学校园在上课期间的紧张工作之中。

两个月之后，一个初夏的早晨，他却打来了电话，说是回来了，约我们夫妇在一周后吃晚饭。

饭是在他家里吃的。他自己开车来接我们。沿途他谈明尼苏达州的政客们是怎样伪善，谈这个州的北部如何特别幽静，谈美国如何是"一个可爱而又危险的地方"。这可爱眼前便有明证。明尼苏达州是一个"万湖之国",光在明尼阿波里斯城一个地方就有一百多个湖。我们的汽车好几次就在湖边上走,那夕阳下潋滟的水波是动人的。这个州的北部还有更多更大的湖,而且有人迹稀少的森林和草地,是驶船、钓鱼和打猎的好去处。而危险,也是一点不假的。美国多的是冲突,犯罪,暴死。就在我们见面之前一个月,我在电视上看到了迈阿密城在一次种族大冲突里留下的伤痕:几个街区成了焦土,几百辆汽车被烧毁被推翻了。在这个风景瑰丽、人物活跃的国家里,埋藏着一股地下的怒火,一有机会就要爆发。

说着说着,车子开到了一所住宅前面停了下来。这是在那个城市常见的郊外家屋,单层结构,淡颜色的外墙,门前有草地。走进去,却在客厅里看到了勃莱云游四海所带回来的纪念品:西方的雕刻,东方的佛像,许多异域的小工艺品,好些大画册,还有一只古老的木箱,像是中古航海时水手用的那种,使人记起勃莱的祖先原是北欧挪威人,说不定其中就有强悍的海盗。应该说,这是一个照美国标准看来是别致而并不富裕的人家。

笑脸相迎的女主人也不是一个通常的主妇,而是一个画家,文文雅雅的。

晚餐的主菜是烤鸡。诗人自己拿刀切鸡分给客人。美国人吃饭照例有一大盘生菜，另外就是酒，往往餐前开胃、餐时佐菜、餐后助谈各有不同的酒。勃莱款待客人的，主要是一种德国莱茵式的白酒，略带酸味，却远胜太甜的红葡萄酒。

然而比酒更有味的是谈话，特别是饭后四人在湖边散步时的谈话。

这湖就在勃莱住处附近，它有一个姑娘的名字，叫作"海丽埃湖"。这时已是暮色苍茫，蓝灰色的水波荡漾着，映出岸上的点点灯光。风也大了，我们立在码头跳板上感到了凉意。

这是一个使人沉思的时刻，我们谈话是断断续续的，然而已经谈到了诗。等到我们从湖边走向归途，把湖水撇在我们的身后，我们谈得更热烈了，有一阵我们两个就站在街角长谈，两位妻子看我们这等样子，也就微笑着摇摇头，挽起手来径自先走了。

勃莱的谈话里有一个叫我吃惊的主要论点，那就是，美国诗人还得同英国诗的传统斗争。

我说："难道经过惠特曼，经过二十世纪艾略特、庞德等人，美国诗还会向英国诗低头？人们得到的印象，是恰恰相反。"

勃莱说："不然。你只消看各大学英文系的情况就知道，他们全是亲英派。不少美国诗人写的是所谓美国诗，骨子里却是英国的韵律和英国的文人气。我们仍然需要真正的美国诗。"

"你是说要继续桑德堡等人的美国土传统？"

"也不。桑德堡是不坏的，然而仅有情感而缺乏思想。好的诗人则需要把情感和思想结合起来，既要有热情，又要能深思。"

"你能举出一个这样的诗人的例子吗？"

"爱尔兰的叶芝就是一个。多么了不起的诗人！而叶芝之所以能写得那样好，正因为他处在英国诗传统的边缘，而不是它的中心。"

我也是一个叶芝诗的爱好者。因此我们贪婪地讨论着他的诗艺。接着我们又上溯布莱克，华兹华斯，雪莱，济慈。勃莱也喜欢济慈，但感到他还缺乏足够的思想深度。我们也谈到彭斯。勃莱说彭斯是"伟大母亲的宠子"——这"伟大母亲"是勃莱的诗歌理论里常见的名词，她代表大自然，代表爱，艺术，忧愁，苦难，代表一切蓬勃生长的有活力的东西；而与之相对的则是枯燥的、忙碌的、斤斤计较的、唯利是图的、像秋霜一般肃杀的"岩石的父亲"。他的一首短诗《忙人说话了》道出了这两者之间的截然不同：

我不愿将自己献给寂寞之母,

爱情之母,谈心之母,也不献给

艺术之母,眼泪之母,或大海之母,

也不献给悲哀之母,

低头叹息者之母,

死亡的痛苦之母;

也不献给蟋蟀长鸣的秋夜之母,

开阔的田野之母,或耶稣之母;

我只愿将自己献给正义之父,

愉快心情之父,也是岩石之父

也是最合礼节的姿势之父;

大通银行点燃了

一炷火焰,把我引向沙漠,

焦干的田地,一切化为零的风景;

我愿将自己献给正义之父,

愉快之石,钱财之铁,岩石之父。

这两节诗对照十分鲜明,前一节处处是真感情,后一节则"一切化为零",而诗里所说的"正义之父"也就是鲁迅常提到的"正人君子"。所有勃莱认为好的诗属于前者,所有不好的属于后者。

"当然,"勃莱接着说,"这不是说美国没有好诗。好诗是有的,詹姆士·赖特、盖里·斯乃德(Gary Snyder)、威廉·斯塔福(William Stafford)、黑人里的巴拉卡(Amiri Baraka)和艾塞里吉·奈特(Etheridge Knight,名诗《祖先观念》的作者)、翻译中国唐诗的肯尼思·雷克斯洛斯(Kenneth Rexroth,他好像有一个中国名字,叫王红公)、新起的罗勃特·哈斯(Robert Hass)和拉塞尔·埃特索(Russel Edson),等等,他们全写过好诗。而他们之所以写得好,是因为他们不像艾略特、庞德那些人厌弃或鄙视美国,而是生根在美国,他们的诗出自美国的土壤。"

这使我记起他在一九七一年对另一个访问者所说的一段话:

> 在二十世纪之初美国被人看作庸俗、腐败……人们指的是某种程度的智慧上的腐败。……许多作家被欧洲吸引走了。庞德去了欧洲,艾略特去了欧洲,肯敏斯去了又回来了,海明威回来了一半,但是艾略特和庞德再也没有回来。他们离开了,找到了一点有价值的东西。而现在的情况是,人们感到如果要打架,应该就在这儿打出个名堂来。艾略

特到底是放弃了他的美国国籍，可是现在我看不可能有哪个美国诗人或作家会认真考虑这样做。……因此最近三十年里，人们能用常识和健康的态度来对待美国，诗人们不觉得自己比美国高出一头，而是决心在这里的土壤上打一场。

你只消看看别国的文学就会清楚，诗如不是从一个国家的土壤里直接生出来，它就不会长命。拿庞德和艾略特来说，我们看到他们的作品是花盆里长的文学。把这些神气、漂亮的花盆运过大洋，放在纽约或任何别的美国地方，盆里的花不会生根，不会成长，因为它们不是在这个国家里创造出来的。这就是为什么一九一零年代的现代派革命到了一九三零年代就死灭了，于是现在作家们又得重新开始。……①

而这个"重新开始"就是诗要重新有强烈的生活气息；要热情，而不要书卷气；宁可粗犷，而不要"驯化"或"家庭化"；然而又要有深刻的感受和思想，并且要刷新语言。用勃莱自己的话说："问题在于，诗怎样使自己保持为一种生动

---

① Robert Bly. Talking All Morning: Collected Conversations and Interviews. Ann Arbor, MI: The University of Michigan Press, 1980: 54–55.

的、色彩鲜明的、活生生的东西。"①

对此,他是有答案,也有实践的。

我们当时还站在沉沉暮色下的僻静的街头。他仍然没有提高嗓门,只是轻轻地继续说:

"因此,美国诗更要摆脱英国诗的传统,要面对世界,向外国诗开门。庞德和艾略特毕竟还是有功的,那就是他们又接上了同欧洲文学的关系。美国国内还有孤立主义的势力。四十年代的新批评派就是文学上的孤立主义的代表,他们要我们又回头搞英国文学。在他们的影响之下,诗和小说都带上了学院气。我们这一代的作家则反对这个,所以我们写超现实主义的诗,写反对越战的政治诗。然而学院派的势力还是强大的。在美国无数大学的无数英文系里,设立了无数的'诗创作车间',在教我们的年轻人如何写符合学院派格式的诗。其实,诗哪里是可以这样教会的?没有生活体验,怎能写出好诗?于是只剩下技巧,而凡事先谈技巧,以为技巧能决定一切,正是我们美国人的通病。……"

正是为了打破这个局面,勃莱和他的朋友们大力搞诗朗诵。这是难苦的工作。往往地方难寻,听众不多。但是他们坚

---

① Robert Bly. Talking All Morning: Collected Conversations and Interviews. Ann Arbor, MI: The University of Michigan Press, 1980: 308.

持着。跑远路去借废弃了的仓库，自己动手打扫会场，即使只有三四个老年听众，也照样鼓起精神好好朗诵。听众不懂所读的诗吗？那就自己解释，也评论别人的诗。经过长期不懈的努力，现在诗朗诵变成了美国文化生活里必不可少的节目了，各个大学校园的布告板上，贴满了各种颜色各种字体的朗诵预告。勃莱还到欧、澳等洲去朗诵过，发现最可爱的还是美国的听众。

"在英国，听众是为娱乐而来，"他说，"而有些诗人，如奥登，也懂得如何给他们娱乐。美国听众不同，他们不在乎有多少娱乐。当然，你开玩笑，他们也会笑的。但是他们愿意被你感动，愿意随着你感到痛苦。因此我现在对美国的听众有了一种新的尊敬。"

当然，这个收获不止是听众一方面，也是诗人自己的。他从听众对他的诗的反应中得到了一人苦吟中所得不到的好处：同情，默契，支持，有益于今后写作的批评，建议。

另一方面，为了使美国诗能够接触新的心智气候和新的表现方式，勃莱又同赖特等人学会了西班牙语等，动手翻译加西亚·洛尔迦、聂鲁达、巴列霍（Cesar Vallejo）、特拉克尔（Georg Trakl）[1]，又根据泰戈尔的英译本重译十五世纪印度诗人卡勃尔（Kabir）的诗；为了发表这些外国作品，他还创办了一个不定期的杂志，名字先叫《五十年代》，以后随着时间的推移又改叫《六十年代》《七十年代》……

他曾告诉别人他是怎样发现聂鲁达的：

> 我到了奥斯陆，在那里的图书馆里看见了聂鲁达诗作的译本。我永远不会忘记我所读到的第一行聂鲁达诗。它是这样的一行：
>
> 女孩子们把手扪在心上，梦想着海盗。这是一行多么美丽的诗，美在诗人愿意喜欢女孩子，又不怕把这点愿意写进"内在的诗"。把海盗拉了进来，更造成一个奇妙的世界。
>
> 当你进入聂鲁达和巴列霍的作品时，你发现它们对于精力本身有一种热诚，对妇女、对跳跃着的生活也有热诚，而这种热诚是在庞德和艾略特的作品里找不到的。这就是我的发现[2]。

---

[1] 特拉克尔（一八八七——一九一四），奥地利表现主义诗人。

[2] Robert Bly. Talking All Morning: Collected Conversations and Interviews. Ann Arbor, MI: The University of Michigan Press, 1980: 210.

聂鲁达、巴列霍、拉丁美洲的其他作家，在三十年代被西班牙法西斯势力杀害的加西亚·洛尔迦，都影响了勃莱本人的诗创作；然而还有另一个诗歌传统是勃莱向往的，那就是中国古典诗。

那一晚，勃莱说得十分明白：

"我认为美国诗的出路在于，向拉丁美洲的诗学习，同时又向中国古典诗学习。"

这样，他对于白居易的爱好也就有了一个大的背景。其实，何止一个白居易！还有李贺，他认为李贺诗里有真正出色的形象，"几乎是太狂了，连掩饰都无法掩饰"[1]；还有陶渊明，他把陶渊明选进他编的一本诗选[2]，认为这位中国诗人是十九世纪英国华兹华斯精神上的祖先。他发现东方的诗有一种真正的"卓越"，能够做到"各种感觉之间的融合"[3]。在另一个场合，他还说：

---

[1] Robert Bly. Talking All Morning: Collected Conversations and Interviews. Ann Arbor, MI: The University of Michigan Press, 1980: 262.

[2] 这本诗选叫作《宇宙的消息：两重意识之诗》，一九八〇年出版。在勃莱送给笔者的一本上，他题了这样的话："这本诗选代表了我多年思考的结果。它以陶渊明开始，他是这本诗选的祖父：采菊东篱下……"

[3] Robert Bly. Talking All Morning: Collected Conversations and Interviews. Ann Arbor, MI: The University of Michigan Press, 1980: 262.

在古代中国，各个层次的知觉能够静悄悄地混合起来。它们不是像冬天湖水那样分成一层又一层，而是不知怎的都流在一起了。我以为古代中国诗仍然是人类曾经写过的最伟大的诗[1]。

像是为了强调这个看法，在我们快要告辞的午夜时刻，他又把他的自制木琴拿到客厅里来，然后轻拨琴弦，不事声张地朗诵起来。我一听，他朗诵的虽是英文，传达的却是一个中国唐朝诗人的声音：

> 问余何事栖碧山，
> 笑而不答心自闲
> ……

一九八〇年

---

[1] Robert Bly. Talking All Morning: Collected Conversations and Interviews. Ann Arbor, MI: The University of Michigan Press, 1980: 129.

附录

中国新诗中的现代主义
——一个回顾

中国新诗中有无现代主义？回答是：有过。大致上可分两个时期，即三十年代之初和四十年代中间。有几个诗人的活动贯串两个时期，但其主要创作可以归属其中之一。

我们的任务不是替他们分期，而是从比较文学的角度，看看这两段时间内中国一些诗人的创作怎样受到西欧现代主义的影响，写出了什么样的作品，后来发生了什么变化，以及变化的原因。

一

现代主义在西欧突出地表现于诗歌，而中国则是一个诗歌传统深厚悠长的国家。这两者的遇合是世界文学史上的一件大事，其重要含义未必已全弄清。而问题的复杂性还在于,在现代主义诗歌兴起于西欧之时,中国刚刚发生了一场诗歌革命。一九一九年左右,突然之间,中国的年轻诗人们摈绝了曾是那样光辉灿烂的旧诗传统,纷纷用白话文写起了以自由体为主的新诗。

然而旧诗的传统不是能够轻易推翻的。最早的新诗当中,除了语言学家刘复所作比较成功地运用口语以外,多数读来像是不甚高明的词的仿作。因此,当另一代诗人出现于文坛的时候,他们看到:除非他们愿意写淡而无味的类似散文诗那样的东西。他们得寻找新的模型,以及一整套新的美学。在此之前,人们谈的主要是用白话去表达一个平民时代的新题材。现在则人们发现创造社的郭沫若在学惠特曼,新月派的徐志摩等在学英国浪漫主义诗人。闻一多在用英语诗的格律约束新诗。然而当时已从西欧传来了别的声音,别的美学观。不久,创造社里的年轻一代借用了法国象征派的主题和节奏:

> 我从 Café 中出来,
> 身上添了
> 中酒的
> 疲倦,
>
> ——王独清:《我从 Café 中出来》

诗人不仅模仿了巴黎世纪末文人的姿态，而且公然在中文诗里用了一个法文字Café！他的同伴冯乃超则唱《生命的哀歌》，其中魏尔仑（Paul Verlaine）的影响是显然的。继起的两位诗人，李金发和戴望舒，也学象征派而写下了更好的诗。后者同创刊于一九三二年的上海刊物《现代》有联系，因此人称"现代派"。李金发的中文写得很别扭，文白掺杂，为人所病，但他的诗形式整齐，不乏佳句：

夕阳之火不能把时间之烦闷
化成灰烬

——《弃妇》

这无边的烦闷，这把时间、夕阳和灰烬联在一起的触目形象，是纯然波特莱尔式的。

当然，戴望舒的成就更大，他的名作《雨巷》至今传诵。这首诗表现了音乐的胜利；其响亮、曳长的韵律宛如魏尔仑的《秋之歌》，而其意境则是中国古典的，令人想起"丁香空结雨中愁""小楼一夜听春雨，深巷明朝卖杏花"之类的名句。但是不久诗人却宣告：

中国新诗中的现代主义 / 175

诗不能借重音乐,它应该去了音乐的成分。[①]

果然也出现了一种新风格:口语化,散文化,把原来严谨的韵律放松了:

> 我的记忆是忠实于我的,
> 忠实甚于我最好的友人。……
> ——《我的记忆》

不再是歌唱的声音,而是絮谈的声音。这新风格产生了一连串好诗:《对于天的怀乡病》《秋天的梦》《村姑》《秋蝇》《乐园鸟》等等。诗人显得自由自在,在语言上也进行了各种试验,例如把古典成语放进现代氛围:

> 士为知己者用,
> 故承恩的灯,
> 遂做了恋的同谋人
> ——《灯》

[①] 戴安常.诗伦零札;戴望舒诗集.成都:四川人民出版社,1981:161.

或追求一种日本和歌式的效果：

> 木叶的红色，
> 木叶的黄色，
> 木叶的土灰色：
> 窗外的下午！
>
> ——《秋蝇》

或改造法国的哲学名言：

> 我思想，故我是蝴蝶……
> 万年后小花的轻呼
> 透过无梦无醒的云雾，
> 来震撼我斑斓的彩翼。
>
> ——《我思想》

这是把笛卡儿（"我思故我在"——Descartes：Cogito ergo sum）同庄子（庄周梦蝴蝶）合而为一了。看着这些有新意的作品，我们不禁悬想：如果这位诗人沿着这条路继续探索下去，中国新诗又会出现什么局面？

然而，探索和试验停止了，而其原因除了诗人家庭生活上的波折——妻子离开了他，就是中国的现实：上海的白色恐怖，文艺上的围剿和反围剿，日本的武力侵略，以及终于到来的中国的全面抗战。诗人想要避免卷入而不可得。《现代》杂志上登出了苏汶等人标榜"第三种人"的文章，但是为这个杂志写作的戴望舒却在经历着缓慢然而明显的变化。《断指》一诗已见其端：

> 关于他"可笑可怜的恋爱"我可不知道，
> 我知道的只是他在一个工人家里被捕去；
> 随后是酷刑吧，随后是惨苦的牢狱吧，
> 随后是死刑吧，那等待着我们大家的死刑吧。

如果说在这里诗人还只是意识到有一个残酷的现实世界存在于诗的想像世界之外的话，那么不久他就对于这残酷有了亲身体验：

> 我用残损的手掌
> 摸索这广大的土地：
> 这一角已变成灰烬，

那一角只是血和泥……

——《我用残损的手掌》(一九四二)

中日战争爆发了。诗人离开上海,去到香港。接着太平洋战争爆发,香港被日军占领,诗人也被投入牢狱,上引这首诗就是他遭受"残损"的见证。然而诗并不以哀叹告终:

> 无形的手掌掠过无限的江山,
> 手指沾了血和灰,手掌沾了阴暗,
> 只有那辽远的一角依然完整,
> 温暖,明朗,坚固而蓬勃生春。
> 在那上面,我用残损的手掌轻抚,
> 像恋人的柔发,婴孩手中乳。
> 我把全部的力量运在手掌,
> 贴在上面,寄与爱和一切希望,
> 因为只有那里是太阳,是春,
> 将驱逐阴暗,带来苏生,
> 因为只有那里我们不像牲口一样活,
> 蝼蚁一样死……那里,永恒的中国!

中国新诗中的现代主义 / 179

几位有眼光的同行诗人赞赏这首诗。艾青说:"诗人在《我用残损的手掌》里,写自己用手抚摸祖国的地图,用高度压缩的词句,概括地描述了祖国的广大的陷落了的土地,句句都充满了哀痛;到后来笔锋一转,对解放区(我想他指的是延安)寄予极深的爱。"[1] 卞之琳说:这首诗"应算是戴望舒生平各时期所写的十来首最好的诗篇之一,即使单从艺术上看也是如此"[2]。

有意思的是,艾青和卞之琳经历了同样的虽然程度不同的变化。艾青是一个至今仍在活跃的诗人,几个月前他的诗集《归来的歌》获得了全国作协的一等奖。[3] 人们容易忘记这位最初学绘画的诗人原是维尔哈仑(Émile Verhaeren)和阿波里内尔(G.Apolli-naire)的爱好者。他写过一首纪念后者的诗:

> 我从你采色的欧罗巴
> 带回了一支芦笛,
> 同着它,
> 我曾在大西洋边
> 像在自己家里般走着,

---

[1] 戴安常.望舒的诗//戴望舒诗集.成都:四川人民出版社,1981:7.
[2] 戴安常.序;戴望舒诗集.成都:四川人民出版社,1987:8.
[3] 一九八三年艾青诗集《归来的歌》获"中国作家协会第一届全国优秀新诗(诗集)奖"。

> 如今
>
> 你的诗集"Alcool"是在上海的 Sûreté 里,
>
> 我是犯了罪的,
>
> 在这里
>
> 芦笛也是禁物。
>
> ——《芦笛——纪念故诗人阿波里内尔》

阿波里内尔曾经写过两行名句。艾青把它们译成了中文,作为他自己诗篇前面的引句:

> 当年我有一支芦笛,
>
> 拿法国大元帅的节杖我也不换。

多么有气概的宣言,道出了诗歌艺术是何等的灿烂和自负!然而这位超现实主义的先驱者死于第一次世界大战的法国战场,而他的倾慕者艾青发现在西方帝国主义和国民党联合统治的上海,诗人根本没有人身安全,更谈不上保持他的艺术的纯洁和独立性了。艾青的觉醒比戴望舒早,后来的发展也不同,然而他们两个人都经历了同样性质的变化:从法国象征主义、超现实主义回到了中国现实,而在这过程里他们的芦笛改了调子,吹出了不同的声音。

卞之琳也是珍惜他的芦笛的，而且细心倾听来自西欧的几乎全部有新意的芦笛声：波特莱尔、魏尔仑、艾略特、叶芝、里尔克、瓦雷里、奥登、阿拉贡、布莱西特。这名单，连同名字的次序，是他自己开列了来说明他在各个时期所受到的影响的。[①] 可以说，几乎所有西欧现代主义的大诗人全在里面了。但是卞之琳又是一个深受中国古典诗熏陶的人，他自己就说他的诗里"出现过晚唐南宋诗词的末世之音，同时也有点近于西方'世纪末'诗歌的情调"[②]。这是指他的"前期诗的一个阶段"。后来，他更多地从英国现代诗吸收，痕迹也是清楚可寻的。试比较：

> 伸向黄昏的道路像一段灰心
>
> ——卞之琳：《归》

> 街道连着街道，像一场冗长的辩论
> 怀有阴险的用意
> 要把你引向一个巨大的问题……
>
> ——艾略特：《普鲁弗洛克的情歌》

---

① 卞之琳．雕虫纪历（增订版）．香港：三联书店，1982：20．
② 卞之琳．雕虫纪历（增订版）．香港：三联书店，1982：19．

只不过中国诗人写得更简练，更紧凑，而这是传统的绝句律诗多年熏陶的结果。三十年代中期，二十几岁的卞之琳达到了他诗艺上的高峰。他写了非常现代主义化的诗篇，题名《距离的组织》，其末行是：

  友人带来了雪意和五点钟。

对于这迅捷的串联手法，不少人觉得难懂。诗人不得不加注说明用意，结果一首不过十行的短诗一共加了七个注，可谓现代世界上自注比例最大的诗篇了！其实诗人也可以不用注而写出好诗，例如《断章》：

  你站在桥上看风景，
  看风景人在楼上看你。
  明月装饰了你的窗子，
  你装饰了别人的梦。

而这时期的最好作品，无疑是《尺八》：

  像候鸟衔来了异方的种子，

三桅船载来了一枝尺八,
从夕阳里,从海西头。
长安丸载来的海西客
夜半听楼下醉汉的尺八,
想一个孤馆寄居的番客
听了雁声,动了乡愁,
得了慰藉于邻家的尺八,
次朝在长安市的繁华里
独访取一枝凄凉的竹管……
(为什么霓虹灯的万花间
还飘着一缕凄凉的古香?)
归去也,归去也,归去也——
像候鸟衔来异方的种子,
三桅船载来了一枝尺八,
尺八乃成了三岛的花草
(为什么霓虹灯的万花间
还飘着一缕凄凉的古香?)
归去也,归去也,归去也——
海西人想带回失去的悲哀吗?

(一九三五年六月十九日)

"尺八"是中国的竹管乐器，七世纪传入了日本，诗人在京都屡次听见有人在吹奏它，"动了乡愁"，然而这乡愁之中，有他自己所说的"对祖国式微的哀愁"。[1]中国的现代诗人，不管怎样醉心于艺术的完美——而在讲究艺术方面，卞之琳的精细和严格是少有的——对于自己民族、国家的处境都是感触很深的。这一点，在西欧北美的现代主义诗人里似乎是少见的。另一方面，这首诗又揭示了中国现代主义诗歌的另一共同特点，即中国古典诗歌传统仍然强大有力。诗人采用了西洋的自由体和一行三或四顿的英国式格律，然而诗的支柱却在三个复句，特别是那用纯粹的旧文体、旧词句写出的一行：

归去也，归去也，归去也——

复句本身之中有复句：三声呼叫，哀怨而又毅然决然，其响亮的长音和中世纪的余韵表达了这一乐器的特点和诗人听它时的心情，诗和音乐、形式和内容在这里达到了完美的统一。

这也就是说，诗人已在变化当中。等到抗日战争来临，诗人到了戴望舒神往而未能到达的地方：延安。时间是一九三八

---

[1] 卞之琳. 雕虫纪历（增订版）. 香港：三联书店，1982：6.

年，全中国都处在与侵略者决斗的高昂情绪之中。诗人写了《慰劳信集》。这是一本似乎还未得到足够重视的诗集。它不仅写下了活跃于华北前线的八路军战士、游击队员、老年农民、妇女、儿童的神态——中国人民从来没有这样扬眉吐气，这样的聪明、能干，每一首小诗都是一个生动的人物侧影；它还表明：西欧式的现代手法在一个敏感的中国诗人手里是可以用来传达滋生于中国现实的大的情感的。例如《〈论持久战〉的著者》：

> 手在你用处真是无限。
> 如何摆星罗棋布的战局？
> 如何犬牙交错了拉锯？
> 包围反包围如何打眼？
>
> 下围棋的能手笔下生花，
> 不，植根在每一个人心中
> 三阶段：后退，相持，反攻——
> 你是顺从了，主宰了辩证法。
>
> 如今手也到了新阶段，

拿起锄头来捣翻棘刺,

号召了,你自己也实行生产。

最难忘你那"打出去"的手势

常用以指挥感情的洪流

协入一种必然的大节奏。

(一九三八年十一月二十日)

这是写给毛泽东的"慰劳信":亲切,虚实结合,充满了欣赏和佩服的感情,然而完全不同于后来出现的千万首颂歌。诗人在这位领导空前规模的人民战争的伟人之前并不感到胆怯和自卑,他用"你"字表达了真正的同志爱;他把当时正在进行的大事写进这首小诗,然而选择了他自己的形象:手,手所下的围棋,所写的文章,所用的锄头,最后是"打出去"的手势,这些正是能体现主人公的为人和思想的形象。而诗的形式则是完全属于西欧的:一首格律整齐、一个韵脚也不出错的十四行!

几乎在同一时间,一个青年英国诗人也在用十四行体写他在中国战场的感受,那就是奥登(W. H. Auden)。这些十四行诗出现在他与依修乌德合著的《战地行》(一九三八)一书中。后来卞之琳译了其中若干首。他显然是带着喜爱和欣赏去译的,然而这是一个诗人对另一个诗人的欣赏,没有屈就,也没有高攀,而带着自信,因为这位中国诗人刚刚完成了一件困难的工作:用那严谨的西欧诗体写出中国战场上的"感情的洪流"。

二

而此后是长长的空白。卞之琳从延安到了昆明,停止写诗十一年。但是诗并没有完全失去他;他在西南联合大学讲诗,译诗,而且正好看到另一个现代主义诗歌潮流在那所大学兴起。

中国历史上有过几次学者们为了不屈于入侵的异族而大规模从北方迁移到南方的例子。一九三八年,最有名的三所北方大学的师生经过长沙、南岳、蒙自到了中国西南角的昆明,生活困苦,然而精神并不颓丧,不减智识和艺术上探索的劲头。师生中多的是诗人、作家,其中有闻一多、朱自清、沈从文、冯至、李广田、学生诗人穆旦、杜运燮、郑敏等等。钱锺书在那里教过文艺复兴和二十世纪文学,还有英国人燕卜荪(William Empson)开了一门颇有影响的《当代英国诗》课程。

现代主义并不风靡联大,但它有一种新锐的势头,而且这一次,在法国象征主义派和英美现代诗派之外,出现了德语诗人里尔克(R. M. Rilke)的影响。

这影响见于冯至。冯至早就以《北游》（一九二八）等诗见称，鲁迅曾誉之为"中国最为杰出的抒情诗人"。[①]后来他几乎消失了，原来他埋头在海德尔堡大学研究德国文学。等到他在一九四〇年左右出现在昆明联大的时候，他的诗歌趣味有了改变。一九四一年，他重新写诗，一年之内写了二十七首十四行诗，例如《从一片泛滥无形的水里》：

> 从一片泛滥无形的水里
> 取水人取来椭圆的一瓶，
> 这点水就得到一个定形；
> 看，在秋风里飘扬的风旗
>
> 它把住些把不住的事体，
> 让远方的光，远方的黑夜
> 和些远方的草木的荣谢，
> 还有个奔向远方的心意，
>
> 都保留一些在这面旗上。

---

① 赵家璧；鲁迅．小说二集；中国新文学大系：第6卷．上海：上海良友图书印刷公司，1936：243．

中国新诗中的现代主义 / 189

> 我们空空听过一夜风声,
> 空看了一天的草黄叶红,
>
> 向何处安排我们的思想?
> 但愿这些诗象一面风旗
> 把住一些把不住的事体。

这里有沉思,有追求,有对于艺术抽象的探索,而出之以一种过去中国诗里少见的形象:用椭圆的瓶子给泛滥无形的水以"定形",又依靠风旗来"把住一些把不住的事体"。但是诗里有足够的实在东西——秋风、远方的光、黑夜和草木的荣谢等等——和那略带忧郁然而动听的韵律来稳住读者,使他愿意随着诗人进一步探索,这样就使得诗本身经得住多次阅读,同时,人们也听到了里尔克《杜伊诺哀歌》的回响,特别是来自第九章的:

> ……因此
> 纯粹是无法说出的事情……
> 漫游人从山坡上带回山谷的
> 不是一把无法说出的土,而是
> 抓到了一个词,纯净的词,那黄蓝色的

龙胆花……

两首诗都关注"把不住的事体"或"无法说出的事情",也就是说想表达那些从未表达过的东西;冯至的"取水人"和里尔克的"漫游人"都起着同一作用,即替诗人们自己说话;两人都寄望于艺术:冯至的"这些诗"和里尔克的一个"纯净的词"都指的是文艺创造;而在这一切之上,还有同样的既普通又含有哲理的形象,同样的沉思气氛。

冯至的十四行诗里还有另一类现代主义色彩明显的作品,例如《我们听着狂风里的暴雨》:

> 我们听着狂风里的暴雨,
> 我们在灯光下这样孤单,
> 我们在这小小的茅屋里
> 就是和我们用具的中间
>
> 也有了千里万里的距离:
> 铜炉在向往深山的矿苗,
> 瓷壶在向往江边的陶泥,
> 它们都像风雨中的飞鸟

各自东西。我们紧紧抱住，
好像自身也都不能自主。
狂风把一切都吹入高空，

暴雨把一切又淋入泥土，
只剩下这点微弱的灯红
在证实我们生命的暂住。

人的孤独感，无助感，文明复归原始的向往，都通过恰当的形象传达出来了，而且诗经历了一个变化：开始的紧迫情势在后来得到了暂时的和缓。

可是它又不同于相似题材的西欧现代诗。它的形象多数是西方罕见的一类：茅屋，铜炉，瓷壶；它的孤独感也不是无边无际、叫人无法承受的一类，因为毕竟还有"我们"两人，还有彼此的爱和依靠。如果我们细看一下，我们还会发现这里是诗中有诗，有写"茅屋为秋风所破"的杜甫的某些遗留，也有千百首写夜思的中国古典诗篇的某些类似情调。这后者可以用两首作于清末——另一个危机时刻——的律诗为例：

千声檐铁百淋铃，雨横风狂暂一停。

正望鸡鸣天下白,又惊鹅击海东青。

沉阴噎噎何多日,残月晖晖尚几星。

斗空苍茫吾独立,万家酣梦几人醒?

——黄遵宪:《夜起》

苦月霜林微有阴,灯寒欲雪夜钟深。

此时危坐管宁榻,抱膝乃为梁父吟。

斗酒纵横天下事,名山风雨百年心。

摊书兀兀了无睡,听起五更孤角沉。

——谭嗣同:《夜成》

冯至未必读过上引两诗,但是他的最隐秘的耳朵里有这些和其他类似的中国古典诗的不断回响,不仅给他以某些场景、情调的暗示,而且使他对于诗的形式也有一种特殊的预定目标。他同卞之琳为什么选择了西洋的十四行体?难道不是因为在十四行体同中国的传统律诗之间有着相当多的结构和用意上的相似处?甚至律诗中间的对仗也保存在冯至的现代诗里:

狂风把一切都吹入高空

暴雨把一切又淋入泥土,

冥冥之中，冯至是把十四行诗当作律诗在写！

当然，两者之间，差别又是巨大的。主要差别在于：黄遵宪、谭嗣同和他们的前辈杜甫在深夜忧国忧时，而冯至则关心人在一个有敌意的宇宙里的处境。前者抒写政治感，是属于公众的诗；后者吐露内心感，是属于个人的诗。但是冯至的吐露还不是来自内心最深处，比起里尔克在《杜伊诺哀歌》里所写的固执的、上天下地无所不往的精神上的追求，他显得温柔敦厚得多。这也就说明里尔克的影响毕竟属于外表，而中国古典诗则是深入骨子的。

他的孤独感也是不持久的。在十四行集内部，就有别样的甚至相反的感情。当他写梵·高的画给他的印象的时候，他注意到这位下笔似有火焰的画家也画着监狱小院里削着土豆的不幸的穷苦人们，"像永不消溶的冰块"，从而问道：

> 这中间你画了吊桥，
> 画了轻盈的船：你可要
> 把些不幸者迎接过来？
>
> ——十四行之十四：《画家梵诃》

声音轻微而意思深厚；诗人是在表达一种希望：让艺术同不幸

的人们连接起来！而当一种紧急状况终于使各方面的人聚集起来的时候，他受到了鼓舞：

> 和暖的阳光内
> 我们来到郊外，
> 像不同的河水
> 融成一片大海。
>
> ——十四行之七：《我们来到郊外》

诗句的短促有力——一个新调子——使我们听到跑空袭警报的人们的脚步声，日本军国主义者的进攻使中国人民团结起来了。最后，诗人提出了警告：不要一等危险过去就又出现分歧！同戴望舒、艾青、卞之琳一样，他也从一个抒写个人情感的诗人变成了一个焦虑民族命运的诗人。他不幸而言中，抗日战争一胜利就发生了国民党军人杀害西南联大学生的"一二·一"惨案。这样的中国现实使得冯至放下了诗笔。以后他还要拿起诗笔，但却再也不写十四行诗了。

从西南联大还涌现出来一批学生诗人，其中颇有几个现代派：用奥登式的口吻写滇缅公路上见闻的杜运燮，写里尔克式哲理诗的女诗人郑敏，而把现代主义更加推进一步的则数

中国新诗中的现代主义 / 195

穆旦。他缺乏他的师辈冯至和卞之琳所有的整齐、雅致的形式感，但是他写出了一种以前中国诗里少见的受折磨的心情：

> 我知道
> 一个更紧的死亡追在后头，
> 因为我听见了洪水，随着巨风，
> 从远而近，在我们的心里拍打，
> 吞蚀着古旧的血液和骨肉。
> ……
> 在一瞬间
> 我看见了遍野白骨
> 旋动
>
> ——《从空虚到充实》

几乎强烈得像艾略特所推重的英国十七世纪剧作家如韦勃斯特。

伴随着对死亡的关注，还有对暴力的凝思：

> 勃朗宁，毛瑟，三号手提式，
> 或是爆进人肉去的左轮，
> 它们能给我绝望后的快乐，

> 对着漆黑的枪口,你就会看见
>
> 从历史的扭转的弹道里,
>
> 我是得到了二次的诞生。

——《五月》

这就一下子进入了充满恐怖行动的二十世纪。这里的形象完全是属于现代世界的。然而这一切并不来自书本。年轻的诗人曾经在离开北平的美丽校园之后,度过一段颠沛流亡的生活,他跟着一部分联大师生从长沙一直步行到昆明,在几千公里的跋涉里他看到了由农村和小城镇所组成的真实的内地中国。他又参加了中国军队在缅甸同日本侵略军的作战,在随后向印度丛林的大撤退里几乎丧了命。他同死亡和暴力打过照面,所以才写得这样沉痛而无所畏惧。

因此,他所写的情诗也异乎寻常:

> 你的眼睛看见这一场火灾,
>
> 却看不见我,虽然我为你点燃,
>
> 唉,那燃烧着的不过是成熟的年代,
>
> 你的,我的。我们相隔如重山!

——《诗八首》之一

静静地，我们拥抱在

用语言所能照明的世界里，

而那未形成的黑暗是可怕的，

那可能的和不可能的使我们沉迷，

——《诗八首》之四

读着这些奇异的然而十分耐读的诗行，再想一想中国古典诗人或者新月派里的徐志摩等人是怎样咏唱爱情的，我们就会看出西欧的现代主义已经在中国造成多大的影响。

同他的师辈冯至、卞之琳相比，穆旦对于中国旧诗传统是取之最少的。他用的词、形象、句法都明显欧化："死的子宫""观念的丛林""我缢死了我错误的童年""我从我心的旷野里呼喊""你给我们丰富，和丰富的痛苦""水流山石间沉淀下你我"，等等。当穆旦偶然运用传统的词句、韵律的时候，他是有意拿两种意境来加以对照。既强调了现代社会的复杂和紧张，也嘲笑了旧的文学公式的无济于事：

负心儿郎多情女

荷花池旁订誓盟

>而今独自依栏想
>落花飞絮满天空

>而五月的黄昏是那样的朦胧！
>在火炬的行列叫喊过去以后，
>谁也不会看见的
>被恭维的街道就把他们倾出，
>在报上登过救济民生的谈话后，
>愚蠢的人们就扑进泥沼里，
>而谋害者，凯歌着五月的自由。
>紧握一切无形电力的总枢纽。
>
>——《五月》

这最后的两行是多么像奥登的早期诗呵！那概括化的"谋害者"，那城市里的工业性比喻，那带着嘲讽口气的政治笔触！但这不是没有出息的模仿。生在西欧文学传统里的奥登没有这样古老的回响，他对现代社会的态度也没有我们的作者那样认真——换言之，穆旦有他独特的深度。

穆旦的现代主义色彩是鲜明的，但是这是一种同现实——战争、流亡、通货膨胀等等——密切联系的现代主义。他的师辈需要经过一段曲折才到达的境界，穆旦和他的同代人如杜运燮是一直就在其中。在穆旦写诗的全部过程里，他都尖锐地意识到现实世界里的矛盾、冲突。然而他不是没有发展，这发展见于两个方面：情绪上的深化，从愤怒、自我折磨进到苦思、自我剖析，使他的诗显得沉重；诗歌语言上的逐渐净化，从初期的复杂——"丰富和丰富的痛苦"——进到能用言语"照明世界"，使他成为中国新诗里最少成语、套话的新颖的风格家。这两者的结合产生了像《裂纹》《五月》《先导》《诗八首》等出色作品。

然而他没有能够把这类现代主义的诗一直写下去。抗日战争胜利之后内战再起，使他感到刚到三十岁就已落"在毁灭的火焰之中"。[1]于是他逐渐少写以至终于不写了。他的诗友们也星散了，而他的读者们——在任何时期也是人数不多的——也转向了别种样式的诗歌。

就这样，现代主义的第二个浪潮消退了，尽管后来在北平和上海，还有一点余波。而同时，中国诗歌的主流还在澎湃向前。这个主流就是艾青等人在放弃了象征主义之后所帮助形成的，现在在解放区和重庆、桂林等地以更大的声势滚腾着。

---

[1] 引自《三十诞辰有感》。

就在穆旦等人所在的西南联大,也有人听到了这远方浪潮的声音。这个人就是昔日新月派的主要诗人闻一多。他称解放区诗人田间为"时代的鼓手",并且这样分析他的特点:

> 这里没有"弦外之音",没有"绕梁三日"的余韵,没有半音,没有玩任何"花头",只是一句句朴质,干脆,真诚的话,(多么有斤两的话!)简短而坚实的句子,就是一声声的鼓点,单调,但是响亮而沉重,打入你耳中,打在你心上。……
>
> 它只是一片沉着的鼓声,鼓舞你爱,鼓动你恨,鼓励你活着,用最高限度的热与力活着,在这大地上。①

这里不仅歌颂了新的,也批评了旧的,即那些有"弦外之音""余韵""半音"或玩了"花头"的诗。这当中是否也包括他身边联大诗人们的现代主义诗?我们所知道的,只是闻一多也把穆旦等人的作品多首收进了他的《现代诗抄》。这时候,闻一多自己已不写诗,但是仍然十分关心他身旁青年诗人的成长,对于有新意的诗作他是衷心鼓励的。然而他自己的文

---

① 闻一多. 时代的鼓手;闻一多全集:第4卷. 生活·读书·新知三联书店,1982:235-238.

学观又不容置疑：他始终主张——而且曾经出色地实践——中国新诗要抒写对民族和人民的关切。现在，他又在讲演和文章里高度赞扬了生根于中国大地的诗，认为只有在那里中国人才能"用最高限度的热与力活着"。话是指着群众性的战斗诗说的，然而未必同现代主义的诗毫无关联。西欧的现代主义诗歌给中国的诗创作带来了新风格新音乐，但并不能为所欲为，因为它面对的是处在战争与革命的环境里的中国诗人，他们对未来的公正社会有憧憬，而在他们背后则是世界文学里一个历史悠长、最有韧力的古典诗歌传统。这里并不出现先进诗歌降临落后地区的局面，思想上如此，艺术上也如此。除了大城市节奏、工业性比喻和心理学上的新奇理论之外，西方现代诗里几乎没有任何真正能叫有修养的中国诗人感到吃惊的东西；他们一回顾中国传统诗歌，总觉得许多西方新东西是似曾相识。这足以说明为什么中国诗人能够那样快那样容易地接受现代主义的风格技巧，这也说明了为什么他们能够有所取舍，能够驾驭和改造外来成分，而最终则是他们的中国品质占了上风。戴望舒、艾青、卞之琳、冯至、穆旦——他们一个一个地经历了这样的变化，而在变化的过程里写下了他们最能持久的诗。

译诗与写诗之间
——读《戴望舒译诗集》

一

戴望舒是中国新诗发展史上的重要诗人，但是现在的读者可能不知道他也是一个译诗能手。最近，《戴望舒译诗集》（湖南人民出版社，一九八三）出版了，人们才发现他译诗的数量远远超过他的创作：这本《译诗集》共三百四十页，而他的《诗集》（四川人民出版社，一九八一）仅一百六十五页。

《译诗集》内容丰富而又重点突出。丰富，因为其中颇有出人意料的作品，例如很难想象戴望舒会去翻译叶赛宁，然而他译了，而且译得颇有吸引力，例如：

我是最后的田园诗人，

> 在我的歌中，木桥是卑微的。
> 我参与着挥着香炉的
> 赤杨的最后的弥撒。
>
> 脂蜡的大蜡烛
> 将发着金焰烧尽，
> 而月的木钟，
> 将喘出了我的十二时。
>
> ——《最后的弥撒》

这是很有现代敏感的诗行。我不知道译者是否懂得俄文，可能他是通过其他文字转译的，那就更使人惊讶于他对叶赛宁的精神的体会之深了。

当然，他译得最多的是法文和西班牙文作品。以法文作品而论，重点是象征派和后象征派，但也包括了爱吕亚（Paul Eluard）的诗十四首，其中有那首有名的《公告》：

> 他的死亡之前的一夜
> 是他一生中的最短的
> 他还生存着的这观念

使他的血在腕上炙热

他的躯体的重量使他作呕

他的力量使他呻吟

就在这嫌恶的深处

他开始微笑了,

他没有"一个"同志

但却有几百万几百万

来替他复仇他知道

于是阳光为他升了起来

抗击纳粹的地下斗争给了这首完全是现代写法的诗以一种英雄气概,译文是足以同原作匹配的。

西班牙文作品中,这种抗战气息浓厚的作品更多。实际上,有八首诗另成一束,其标题就是《西班牙抗战谣曲抄》,这当中有阿尔倍谛的《保卫马德里·保卫加达鲁涅》。

这些说明:在三十年代后期,戴望舒已经走出雨巷,渴望用他自己所掌握的一点写诗译诗的本领,为反法西斯斗争服务。他已经清楚,在中国和在西班牙,进行着的是同一性质的斗争。戴望舒、爱吕亚、阿尔倍谛等人毫无疑问都是"现代派",这也可见现代主义决非右派、法西斯倾向者的独占物。

二

然而战火和斗争是要过去的。经常使戴望舒倾心的则是那些有深刻的感受而又能用新颖的技巧把它们表达出来的现代诗人。他的《译诗集》里就出现了许多这样的诗人，篇幅占得多的是两人：一个是《恶之花》的作者波特莱尔，另一个是《吉卜赛谣曲集》等等的作者洛尔迦。重点里的重点——无论从译诗数量或译者经营之勤来说——就是这两位大诗人。

在戴望舒之前，曾经有一些人译过《恶之花》，但他不满意，因此要自己动手来译；在戴望舒之后，又有一些人译了《恶之花》，但这一次是我们不满意了，因为一直到现在，还没有人达到戴望舒当年的水平。

戴望舒译的并不多，一共二十四首，仅占全书十分之一。但这二十四首，首首是精品。译者向他自己提了极严格的要求：

> 这是一种试验，来看看波特莱尔的质地和精巧纯粹的形式，在转变成中文的时候，可以保存到怎样的程度。[①]

[①] 戴望舒. 戴望舒译诗集. 长沙：湖南人民出版社，1983：153.

他尽力传达原诗的内容，也忠于原诗的形式：法文的十二音节、十音节、八音节诗行他用中文的十二言、十言、八言诗来译，一切韵脚安排悉如原作，"也许笨拙到可笑"。

"笨拙"是过谦。事实上，我们读到了这样出色的译诗：

> 请毫不懊悔地穿过我臭皮囊，
> 向我说，对于这没灵魂的陈尸，
> 死在死者间，还有甚酷刑难当！
>
> ——《快乐的死者》

> 为这单调的震撼所摇，我好像
> 什么地方有人匆忙把棺材钉……
> 给谁？——昨天是夏，今天秋已临降！
> 这神秘的声响好像催促登程。
>
> ——《秋歌》

> 秋天暖和的晚间，当我闭了眼
> 呼吸着你炙热的胸膛的香味，
> 我就看见展开了幸福的海湄，
> 炫照着一片单调太阳的火焰；
>
> ——《异国的芬芳》

因为我将要沉湎于逸乐狂欢,
可以随心任意地召唤回春天,
可以从我心头取出一片太阳,
又造成温雾,用我炙热的思想。

——《风景》

好一个"从我心头取出一片太阳"完整地再现了原文:

De tirer un soleil de mon coeur

保持了那个新鲜的形象,而所用的中文又是连一般读者也能够理解的,这就是戴望舒的功力所在。

波特莱尔的拟人式抽象名词曾使别的译者感到困惑,却没能难住戴望舒。请看:

——而长列的棺材,无鼓也无音乐,
慢慢地在我灵魂中游行;"希望"
屈服了,哭着,残酷专制的"苦恼"
把它的黑旗插在我垂头之上。

——《烦闷(二)》

而当波特莱尔突然变得短促,沉重,戴望舒也改换笔调:

> 亚伯的种,你的播秧
> 和牲畜,瞧,都有丰收;
>
> 该隐的种,你的五脏
> 在号饥,象一只老狗
>
> ——《亚伯与该隐》

戴望舒的译文并不是一味顺溜、平滑的,而是常有一点苦涩味,一点曲折和复杂,而这又是波特莱尔的精神品质的特点。

这样的契合难求!其原因之一在于:戴望舒看出波特莱尔最吸引人的地方在于若干似乎相对抗的品质的结合,例如古典主义和现代主义的结合。他的古典主义见于他的精致,严格,对形式和格律的关注;他的现代主义见于他精神上的深刻性——深刻到曾使艾略特一厢情愿地以为他是在"从后门进入宗教";也见于他对于新的音韵、形象、新的拼合和对照方式的不倦的追求,也就是用新的诗歌语言来表达新的敏感的巨大努力。而戴望舒之所以能看出这一点,是因为他自己也是这样的一个诗人,在他身上也有古典主义和现代主义的结合,实际上就是中国诗歌传统和西欧现代敏感的结合。对于戴,译诗是写诗的一种延长和再证实。他把多年写诗的心得纳进他的译诗,从而取得了非凡的成果。

三

等到戴望舒翻译起洛尔迦等西班牙诗人的作品,他带我们进入了一个色彩和音乐的新世界:色彩强烈、鲜明,西班牙的阳光像比任何地方都强烈,而它的阴影也特别浓厚,总有那一种"刚强下的哀愁";而音乐,首先是自然界的声音,特别是流水的声音:

> 杜爱罗河,杜爱罗河,
> 没有人伴你向前流;
> 没有人停下来谛听
> 你的永恒的水之歌讴。
>
> ——狄戈《杜爱罗河谣曲》

> 碧色,碧色,碧色的水流,
> 胡加河的迷人的水流,

在你摇篮时已看见你的山松,
把你映照得碧油油。

——狄戈《胡加河谣曲》

孩子:

  让我们唱歌吧,

  在这小广场里,

  澄净的泉水,

  清澈的小溪!

  你那青春的手里

  拿着什么东西?

我:

  一枝纯白的水仙,

  一朵血红的玫瑰。

孩子:

  把它们浸在

  古谣曲的水里。

澄净的泉水,

清澈的小溪!

——洛尔迦《小广场谣》

瓜达基维河

在橙子和橄榄林里流。

格拉那达的两条河,

从雪里流到小麦的田畴,

哎,爱情呀,

一去不回头!

瓜达基维河,

一把胡须红又红,

格拉那达的两条河,

一条在流血,一条在哀恸。

哎,爱情呀,

一去永随风!

——洛尔迦《三河小谣》

多么动听的美丽的译文！西班牙语的音乐性，西班牙诗人对强烈色彩的迷恋，都传达过来了。然而又不只是甜甜蜜蜜，因为在迷人的歌曲后面，隐藏着死亡——请看两条河"一条在流血，一条在哀恸"。这样一来，有了深度，有了回响。

这也是民歌的胜利，但却是经过改造的民歌。洛尔迦要在古老的形式里注入现代诗人的感情，因此文学里见过千百次的某些基本情境在他的笔下也显得新鲜，例如：

树呀树

树呀树，
枯又绿。

脸儿美丽的小姑娘
正在那里摘青果，
风，高楼上的浪子，
来把她的腰肢抱住。

走过了四位骑士，
跨着安达路西亚的小马，

披着黑色的长大氅,
穿着青绿色的短褂。
"到哥尔多巴来呀,小姑娘。"
小姑娘不听他。

走过了三个青年斗牛师,
腰肢细小够文雅,
佩着镶银的古剑,
穿着橙色的短褂。
"到塞维拉来呀,小姑娘。"
小姑娘不理他。

暮霭转成深紫色,
残阳渐暗渐西斜,
走过了一个少年郎,
带来了月亮似的桃金娘和玫瑰花。
"到格拉那达来呀,小姑娘。"
小姑娘不睬他。

脸儿美丽的小姑娘,

还在那里摘青果,

给风的灰色的胳膊,

把她的腰肢缠住。

树呀树,

枯又绿。

戴望舒的处理是颇见匠心的,他用了三字的二行——"树呀树／枯又绿"来译原作中的叠句:

Arbolé arbolé

seco y verdé

同样用极普通的词展开了一个深远的情境——冬天去了春又来,万物复苏了——同样是民歌调子,同样充满了回响。但他又没有死跟原文,而做了某些细微而颇饶情趣的变动,例如见于几个平行句的:

小姑娘不听他。

> 小姑娘不理他。
>
> 小姑娘不睬他。
>
> 来把她的腰肢抱住。
>
> 把她的腰肢缠住。

洛尔迦的原文里并没有"听""理""睬"的分别,也没有"抱""缠"的分别,这些是译者自己引进的,而这一引进使得情节一步高过一步,增强了诗篇的戏剧性,而这正是洛尔迦同几乎所有民歌作者都追求的,因为民歌之中往往有一个故事,情节简单而戏剧性却是强烈的。

然而民歌并非戴望舒所长,他的创作里没有民歌型的诗。这一次,替他排除困难的则是他所受的中国古典诗的教育。这首译诗里的许多用词——"高楼上的浪子""少年郎""腰肢""佩着镶银的古剑"等等——和整个气氛唤起了我们对某些古诗的回忆,例如:

> 青青河畔草,郁郁园中柳。

盈盈楼上女，皎皎当窗牖。……

——《古诗十九首》

何用识夫婿？白马从骊驹；

青丝系马尾，黄金络马头；

腰中鹿卢剑，可值千万余。……

——《陌上桑》

这些古诗在其出现之际，也许还带着民间歌谣的新鲜露水吧？戴望舒能从这类古诗里化出一种译洛尔迦的诗歌语言，也就能像原作那样做到既有现代敏感，又有深入民间古典传统的回响了。

这样的牧歌世界是无法保持下去的，特别是在那时的西班牙和中国。果然，另一种力量出现在洛尔迦的诗里：

那吉卜赛姑娘

在水池上摇曳着。

绿的肌肉，绿的头发，

还有银子般沁凉的眼睛。

一片冰雪的月光

把她扶住在水上。
夜色亲密得
象一个小小的广场。
喝醉了的宪警
正在打门。

——《梦游人谣》

洛尔迦写得对照分明,从"一片冰雪的月光"下"摇曳在水池"上的"绿的肌肉,绿的头发/还有银子般沁凉的眼睛"——全是美丽、纯洁的形象——一下子转到"亲密"的"小小的广场"这个城市形象,而最后砰的一响,原来是事态紧急,"喝醉了的宪警/正在打门"!戴望舒保存了这情节开展的程序,保存了一切形象,而且把最后一行特别缩短,只用四个字来表达恶人的突然来临!

他对于《西班牙宪警谣》的处理也同样无愧于原作的尖锐性和艺术成就。在这里,洛尔迦以本色的现代笔法写宪警的横暴:

黑的是马。
马蹄铁也是黑的。

他们大氅上闪亮着
墨水和蜡的斑渍。
他们的脑袋是铅的
所以他们没有眼泪。
带着漆皮似的灵魂
他们一路骑马前来,
驼着背,黑夜似的,
到一处便带来了
黑橡胶似的寂静
和细沙似的恐怖。
他们随心所欲的走过,
头脑里藏着
一管无形手枪的
不测风云。

民歌情调仍然出现,主要在描写吉卜赛人的那些段落:

啊,吉卜赛人的城市!
城角上挂满了旗帜。
月亮和冬瓜

> 还有蜜渍的樱桃。
> 啊,吉卜赛人的城市!
> 谁看了你而不记得?
> 悲哀和麝香的城,
> 耸起着许多肉桂色的塔楼。
> 到了夜色降临,
> 黑夜遂被夜色染黑,
> 吉卜赛人在他们的冶场里
> 熔铸着太阳和箭矢。

世代相传的和平生活的风俗图多么动人,然而经不起披着黑大氅的四十名宪警的砍杀,"佩刀挥劈生风""人头遭殃"了,一切崩溃了。民歌情调也受制于另一种诗歌语言:口语体,说话而不是吟唱的调子,超现实主义式的比喻与拼合:"漆皮似的灵魂""黑橡胶似的寂静""细沙似的恐怖",而在宪警的"头脑里藏着"的则是

> 一管无形手枪的
> 不测风云。

实体的手枪,然而"无形",而又同"不测风云"连在一起,从一样小凶器看到欧洲政治的大局面了。洛尔迦的手法充满了现代敏感,戴望舒的译文也达到了同样效果:虚实结合,以小见大,意义上的突跃,形象上的猝然拼接,而又一切出之以普通读者也能接受的诗歌语言。

四

戴望舒还有其他出色译文,如也是洛尔迦所作的《伊涅修·桑契斯·梅希亚思挽歌》。但是我们无须再事分析了,已经有足够的例子可以略做归纳和引申了。

首先一点,只有诗人才能把诗译好。这是常理,经戴望舒的实践而愈验。

其次,诗人译诗,也有益于他自己的创作,戴望舒的诗风有过几次改变,各有背景,其中一个重要因素则是:他在译诗的过程里对于诗的题材和艺术有了新的体会。因为译诗是一种双向交流,译者既把自己写诗经验用于译诗,又从译诗中得到启发。一开始,戴望舒写的诗是格律谨严、文言气息浓厚的《自家悲怨》之类:

> 怀着热望来相见,
> 希冀一诉旧衷情

后来变了,写出了韵律松散、絮语口气的《我的记忆》:

> 我的记忆是忠实于我的,
> 忠实甚于我最好的友人。

这是一种进程,而与这进程大致同步的是他在译诗上的发展,即从魏尔仑的:

> 瓦上长天
> 　　柔复青!
> 瓦上高树
> 　　摇娉婷。

发展到耶麦的:

> 我爱那如此温柔的驴子,
> 它沿着冬青树走着。

戴望舒的诗里曾有过《忧郁》的苦吟：

> 心头的春花已不更开，
> 幽黑的烦忧已到我欢乐之梦中来。
>
> 我底唇已枯，我底眼已枯，
> 我呼吸着火焰，我听见幽灵低诉。
>
> 去吧，欺人的美梦，欺人的幻像，
> 天上的花枝，世人安有痴想！

这是创作，不是翻译，也不是模仿——戴望舒这位有为的作者从来不屑于仅仅模仿——但是这里的气氛，用词，形象，以及那喊叫"去吧"的口气，很像波特莱尔，几乎可以乱真。然而后来，他写下了风格截然不同的《元日祝福》：

> 新的年岁带给我们新的希望
> 祝福！我们的土地，
> 血染的土地，焦裂的土地，
> 更坚强的生命将从而滋长。

译诗与写诗之间 / 223

> 新的年岁带给我们新的力量。
>
> 祝福！我们的人民，
>
> 坚苦的人民，英勇的人民，
>
> 苦难会带来自由解放。

像是另一个人写的。这一转变的主要原因无疑是时局。诗写于一九三九年，当时抗日战争已经大规模地展开。但也是在那个时候，戴望舒致力于翻译西、法两国的抗战诗，难道就不曾从翻译中得到新的感兴？当然，不译也可以从阅读里获得启发，但读了又去翻译，那深入程度就不是一般浏览所能比了，何况在再表现的过程里译者还须用全部本领去试着传达原作从内容到写法的所有特点呢！

第三，戴望舒的成就还告诉我们：在什么情况下译诗能取得最好的效果。除了译者个人的天才和素养之外，他所使用的语言必须处于活跃状态，即一方面有足够的灵活性能够适应任何新的用法，另一方面又有足够的韧性能够受得住任何粗暴的揉弄。在戴望舒着手译诗的时候，汉语正处于那样一种活跃、开放的状态，因为中国刚刚经历了一场文学革命，文学语言从文言变成了白话。但同时，中国深长的古典文学传统又不是几篇宣言所能一笔勾销的，而这也有助于翻译，因为译者早年所受的古典诗的熏陶会使他保有高尚的趣味,对于形式的严格要求,对于质的强调等等,这些形成了一种价值标准,使他的译文不至于变得太幼稚,太生硬,太无深度与余音,因而也不会使好心的读者望而却步,这样也就有助于树立和推广文艺上的新事物。换言之,在好的译作里面,传统同创新是并存的。

更深一层看,诗的翻译对于任何民族文学、任何民族文化都有莫大好处。不仅仅是打开了若干朝外的门窗;它能给民族文学以新的生命力,由于它能深入语言的中心,用新的方式震撼它,磨炼它,使它重新灵敏、活跃起来。如果去掉翻译,每个民族的文化都将大为贫乏;整个世界也将失去光泽,宛如脱了锦袍,只剩下单调的内衣。

因此,不时受到指摘的诗歌译者们无须自馁。面对着从歌德以来的所有"明智、懂事"的人——包括许多诗人自己——所有关于诗无法译的断言,戴望舒用他的实践回答了他们:诗是可以译的。当然有所失,但也有所得,而总的衡量起来,特别是从文学与文学之间、文化与文化之间的互相启发、互相增益来说,得大于失。至今人们都在惋惜戴望舒的早死;正当他在经历了一段译诗的辛勤劳动和巨大收获之后,像是创作上要有一次飞跃的时候,命运制止了他。然而命运却夺不走他的翻译成果。他在搁下诗笔以前，已经把现代西欧诗歌的精华传达给了中国爱诗的人群——他们人数也许不多，然而是真正的热心者，而他们对于这位卓越的译者是充满了感激之情的。

谈穆旦的诗

一想起穆旦,我就想起三四十年代之交的昆明。那时抗日战争正在进行,我们同是从北方来的流亡学生,在那里完成了大学学业。但那时他已经有过不寻常的经历,其一是他是从长沙步行一千多公里来到昆明的,其二是他曾参加远征军去缅甸,又从那里撤退到印度。他的身体经受了一次大考验,但终于活着回到昆明,去做他历来爱做的事——写诗。

早在北方,当他还是少年,穆旦就已开始写诗,写的大部分是雪莱式的抒情诗。战争使他兴奋,也使他沉思。他的笔下多了老百姓的痛苦,这在《赞美》一诗里就已明显:

> 一个农夫,他粗糙的身躯移动在田野中,
> 他是一个女人的孩子,许多孩子的父亲,
> 多少朝代在他身边升起又降落了

而把希望和失望压在他身上,

而他永远无言地跟在犁后旋转,

翻起同样的泥土溶解过他祖先的,

是同样的受难的形象凝固在路旁。

在大路上多少次愉快的歌声流过去了,

多少次跟来的是临到他的忧患;

在大路上人们演说,叫嚣,欢快,

然而他没有,他只放下了古代的锄头,

再一次相信名词,溶进了大众的爱,

坚定地,他看着自己溶进了死亡里,

而这样的路是无限的悠长的

而他是不能够流泪的,

他没有流泪,因为一个民族已经起来。

此诗写于一九四一年,内容是战时中国农民的痛苦和坚韧,形式上也有特点:每行都很长,自由奔放,每节都以"因为一个民族已经起来"做结。这个复句给了全诗一种秩序,也是意义的重点所在。

当然,他还有别的意境,方式也有所不同。他能写得很有声色光影之美,例如:

蓝天下，为永远的谜迷惑着的
是我们二十岁的紧闭的肉体，
一如那泥土做成的鸟的歌，
你们被点燃，却无处归依。
呵，光，影，声，色，都已经赤裸，
痛苦着，等待伸入新的组合。

这最后一行是有着一个年轻人的全部忧伤和希望的。他也能写暴力，如在《五月》里：

勃朗宁，毛瑟，三号手提式，
或是爆进人肉去的左轮，
它们能给我绝望后的快乐，
对着漆黑的枪口，你就会看见
从历史的扭曲的弹道里
我是得到了二次的诞生。

这是充满现代意识的诗行，然而又伴随着历史感，奇异的形象（"历史的扭曲的弹道里"），出人意料的拼合（"绝望后的快乐"），短短几行，写出了一个当代知识分子的处境和心情。

也是在《五月》里，出现一种奇异的对照：

> 负心儿郎多情女
> 荷花池旁订誓盟
> 而今独自依栏想
> 落花飞絮满天空

> 而五月的黄昏是那样的朦胧！
> 在火炬的行列叫喊过去以后，
> 谁也不会看见的
> 被恭维的街道就把他们倾出，
> 在报上登过救济民生的谈话后，
> 愚蠢的人们就扑进泥沼里，
> 而谋害者，凯歌着五月的自由
> 紧握一切无形电力的总枢纽。

感伤性的旧的爱情场面被当代政治压倒了，当中的工业性形象（"无形电力的总枢纽"）和典型化的人物（"谋害者"）宛如W. H. 奥登的诗。奥登和艾略特正是那些年代里被穆旦和其他昆明诗人热切地读着的外国诗人。

这就使人们想到一个问题，即四十年代现代主义在昆明的兴起。穆旦和他的朋友们不但受到西方现代派诗的影响，而且他们身边还有更直接的影响，来自他们的老师威廉·燕卜荪。这位英国诗人兼文论家那时在西南联大教书，开了一门课，叫作"当代诗歌"。他不讲自己的诗，他的学生当中能够读懂他那结合着现代科学和哲学的诗的人也不多。但是通过教学和他的为人，学生们慢慢学会了如何去体会当代敏感。他们正苦于缺乏学习的榜样——当时新月派诗的盛时已过，他们也不喜欢那种缺乏生气的后浪漫主义诗风——因此当燕卜荪在课堂上教他们读艾略特的《普鲁弗洛克的情歌》、奥登的《西班牙》和十四行诗的时候，他们惊奇地发现：原来还有这样的新的题材和技巧！但是战局在恶转，物价在腾飞，在那样艰苦的生活环境里，这些青年知识分子最终也没有找到一个可以庇护艺术的象牙塔。他们倒是把从西方现代主义学到的东西用来写中国的现实了。

对于穆旦，现代主义的重要性在于它多少能看到表面现象以下，因此而有一种深刻性和复杂性。从一九四二年起，他开始写得不同，常把肉体的感觉和玄学的思考结合起来，例如在《诗八首》里：

3

你底年龄里的小小野兽,
它和春草一样地呼吸,
它带来你底颜色,芳香丰满,
它要你疯狂在温暖的黑暗里。

我越过你大理石的理智底殿堂,
而为它埋藏的生命珍惜;
你我底手底接触是一片草场,
那里有它底固执,我底惊喜。

4

静静地,我们拥抱在
用言语所能照明的世界里,
而那未成形的黑暗是可怕的,
那可能和不可能的使我们沉迷。

那窒息着我们的

> 是甜蜜的未生即死的言语,
>
> 它底幽灵笼罩,使我们游离,
>
> 游进混乱的爱底自由和美丽。

中国过去没有过这样的爱情诗,后来也罕见。穆旦在中国诗歌的不断滚流里抓住了另一个绝对完美的一瞬间了。

这也是他的语言的胜利。他避用陈词滥调,但是对普通白话也做了一番修剪,去其啰唆而保其纯朴,炼出了一种明亮的、灵活的、能适应他的不断变化的情绪的语言。词汇是简单的,但它们的配合则不寻常,形象更常令人惊讶——"我缢死了我的错误的童年""你给我们丰富,和丰富的痛苦""水流山石间沉淀下你我",等等。有时他的诗不能一读就懂,那只是因为他所表达的不是思想的结果,而是思想的过程。有时他显得不那么流畅,那也只是反映了他内心的苦涩。由于这一切,他的风格是新鲜的,活泼的,常带戏剧性,有它独特的韵味。

他注重创作实践,对于理论家们不甚理会,自己也没有谈过诗学。人们可能有一个初步印象:他过分倾向艾略特和奥登的写法了,特别是奥登——可是在三十年代哪个青年能不喜欢作为欧洲反法西斯文学前卫的奥登呢?只不过奥登有时显得故作姿态，而在穆旦身上人们只见一种高雅、一种纯真，他们是绝不允许摆弄任何姿态的。毕竟，他的身子骨里有悠长的中国古典文学传统。即使他竭力避开它的影响，它还是通过各种渠道——读物，家庭，朋友等等——渗透了过来。他对于形式的注意就是一种古典的品质，明显地表露于他诗段结构的完整，格律的严谨，语言的精粹。

这也就是说，在穆旦身上有几种因素在聚合。虽然他已写了不少好诗，人们期待他写得更好。他是那个时期最有发展潜力的诗人之一。然而生活环境却变得不能忍受了。抗日战争胜利之年，他还不到三十岁，却发现自己处在"过去和未来两大黑暗间"（《三十诞辰有感》）。他"想要走，走出这曲折的地方"（《我想要走》），于是去了芝加哥，在那里学了俄语，学到能译普希金的程度。五十年代之初，他回到中国大陆，看到当时诗坛的情况，感到自己过去的写法不能再继续下去，于是潜心于诗的翻译。政治运动冲击了他，而且时间比别人早。身处逆境，他却更加坚韧地偷空翻译，多少年过去，他终于成为新中国最有成就的诗歌翻译家之一，译了普希金、雪莱、济慈、叶芝、艾略特、奥登，最后还把拜伦的《唐璜》全部译了过来，译文的流畅、风趣和讽刺笔法与原作相称，以至我们今天如提中国译诗的突出成就，名单上少不了它。

朋友们有点放心了，但不免想问：他自己的诗创作又怎样？难道他的诗才的源泉就真的干枯了？

当然没有。事实上，他的译诗之所以出色，正因为他把全部的诗才投了进去。此外，他并没有完全断绝写诗。一九七六年左右，朋友们手里流传着他的手写稿，上面有《智慧之歌》《秋》《冬》等诗。

三首都是好诗。经过了三十年的沉默，他的诗并未失去过去的光彩。语言的精练，形式的严谨，都不减当年，只是情绪不同了——沉静，深思，带点忧郁，偶然有发自灵魂的痛叫声。《智慧之歌》中就有沉痛的一问：

> 那绚烂的天空都受到谴责，
> 还有什么彩色留在这片荒原？

《秋》有秋天的宁静，不过到了末尾"却见严冬已递来它的战书"。等到《冬》真的来到，它的情调是哀歌式的，其第一部分起讫两段是这样的：

> 我爱在淡淡的太阳短命的日子，
> 临窗把喜爱的工作静静做完；

才到下午四点,便又冷又昏黄,
我将用一杯酒灌溉我的心田。
多么快,人生已到严酷的冬天。

……

我爱在雪花飘飞的不眠之夜,
把已死去或尚存的亲人珍念,
当茫茫白雪铺下遗忘的世界,
我愿意感情的激流溢于心田,
来温暖人生的这严酷的冬天。

但是他没有能够尝到"感情的热流"所能给的"温暖"。一九七六年年初,他从自行车上摔下,腿部骨折了。一九七七年二月,在接受伤腿手术前夕,他突然又心肌梗死。一个才华绝世的诗人就这样过早地离去了。

穆旦的由来与归宿

良铮过早地走了,但我们还在读着穆旦的诗。

一

穆旦是怎样形成的?

三十年代中期,中国人陷于外敌入侵的困境,然而中国知识分子也特别争气。在那当口,几所大学办得十分出色,大学师生也是才气逼人。清华就是那样一所大学。它的文学院不仅出大学者,还出大作家。就在那样的时候,良铮进了清华的外文系。

我们是同班。从南方去的我注意到这位瘦瘦的北方青年——其实他的祖籍是浙江海宁——在写诗,雪莱式的浪漫派的诗,有着强烈的抒情气质,但也发泄着对现实的不满。我当时也喜欢诗,但着重韵律、意象、警句。那时候,我们交往不多。

后来到了昆明，我发现良铮的诗风变了，他是从长沙步行到昆明的，看到了中国内地的真相，这就比我们另外一些走海道的同学更有现实感。他的诗里有了一点泥土气，语言也硬朗起来。

一位英国青年教师也到了昆明。我们已在南岳听过他的课，在蒙自和昆明，我们又听了他足足两年的课，才对他有点了解。这位老师就是威廉·燕卜荪。

燕卜荪是奇才：有数学头脑的现代诗人，锐利的批评家，英国大学的最好产物，然而没有学院气。讲课不是他的长处：他不是演说家，也不是演员，羞涩得不敢正眼看学生，只是一个劲儿往黑板上写——据说他教过的日本学生就是要他把什么话都写出来。但是他的那门《当代英诗》课内容充实，选材新颖，从霍普金斯一直讲到奥登，前者是以"跳跃节奏"出名的宗教诗人，后者刚刚写了充满斗争激情的《西班牙》。所选的诗人中，有不少是燕卜荪的同辈诗友，因此他的讲解也非一般学院派的一套，而是书上找不到的内情，实况，加上他对于语言的精细分析。

我们对他所讲的不甚了然，他绝口不谈的自己的诗更是我们看不懂的。但是无形之中我们在吸收着一种新的诗，这对于沉浸在浪漫主义诗歌中的年轻人倒是一服对症的良药。

这时候，良铮已经在用穆旦这个笔名写诗了，一开始是发表在墙报上，后来才在《文聚》之类用土纸印的杂志上出现。

当时我们都喜欢艾略特——除了《荒原》等诗，他的文论和他所主编的《标准》季刊也对我们有影响。但是我们更喜欢奥登。原因是：他更好懂，他的掺和了大学才气和当代敏感的警句更容易欣赏，何况我们又知道，他在政治上不同于艾略特，是一个左派，除了在西班牙内战战场上开过救护车，还来过中国抗日战场，写下了若干首颇令我们心折的十四行诗。

这一切肇源于燕卜荪。是他第一个让我们读《西班牙》这首诗的。

穆旦的诗里有明显的奥登的影响。例如见于《五月》一诗的：

> 负心儿郎多情女
> 荷花池旁订誓盟
> 而今独自依栏想
> 落花飞絮满天空
>
> 而五月的黄昏是那样的朦胧！

> 在火炬的行列叫喊过去以后,
> 谁也不会看见的
> 被恭维的街道就把他们倾出,
> 在报上登过救济民生的谈话后,
> 愚蠢的人们就扑进泥沼里,
> 而谋害者,凯歌着五月的自由,
> 紧握一切无形电力的总枢纽。

在最后两行里,那概括式的"谋害者",那工业比喻("紧握一切无形电力的总枢纽"),那带有嘲讽的政治笔触,几乎像是从奥登翻译过来的。

然而又不是。它们是穆旦自己的诗句,写的是中国的现实;而开头的几行中国古典风的诗句更是穆旦别出心裁的仿作,而仿作只是为提供一个对照:两种诗风,两个精神世界,两个时代。不过在运用这种猝然的对照上,也显出燕卜荪所教的英国现代派诗的影响已经深入到中国青年诗人的技巧和语言了。

这就表明:在当年昆明,穆旦和他的年轻的诗友是将西欧的现代主义同中国的现实和中国的诗歌传统结合起来了的。

这一结合产生了许多好诗。穆旦的《五月》《夜晚的告别》《赞美》《春》《诗八首》等等,杜运燮的《滇缅公路》，郑敏的一系列沉静深思的小章，都是好诗。都是年轻人的诗。一开始文字有点毛糙，然而很快穆旦学会了写得更紧凑，文字也更透亮：

春

绿色的火焰在草上摇曳，
他渴求着拥抱你，花朵。
反抗着土地，花朵伸出来，
当暖风吹来烦恼，或者欢乐。
如果你是醒了，推开窗子，
看这满园的欲望多么美丽。

蓝天下，为永远的谜迷惑着的
是我们二十岁的紧闭的肉体，
一如那泥土做成的鸟的歌，
你们被点燃，却无处归依。
呵，光，影，声，色，都已经赤裸，
痛苦着，等待伸入新的组合。

一九四二年二月

不止是所谓虚实结合,而是出现了新的思辨,新的形象,总的效果则是感性化,肉体化,这才出现了"我们二十岁的紧闭的肉体"和"呵,光,影,声,色,都已经赤裸,/痛苦着,等待伸入新的组合"那样的名句——绝难在中国过去的诗里找到的名句,从而使《春》截然不同于千百首一般伤春咏怀之类的作品。它要强烈得多,真实得多,同时形式上又是那样完整。

等到穆旦来写《诗八首》,他又使爱情从一种欲望转变为思想,出现一种由实到虚的过程,然而虚了只是为了扩大精神背景,文字上也相应地出现一种哲理化:

> 静静地,我们拥抱在
> 用言语所能照明的世界里,
> 而那未成形的黑暗是可怕的,
> 那可能和不可能的使我们沉迷。

其实这哲理化仍是处处伴随以形象:拥抱,照明,黑暗,沉迷,因此又是有物可按,一点也不空洞,反而把现代青年知识分子的爱情特点——言语照明世界,成形和未成形,可能和不可能——突出起来。这样的情诗在中国的漫长诗史上也是从未见过。

无论如何，穆旦是到达中国诗坛的前驱了，带着新的诗歌主题和新的诗歌语言，只不过批评家和文学史家迟迟地不来接近他罢了。

二

足足三十年，穆旦不再涉足诗坛。

然而他没有停止写诗，写得少了，但仍然在写。使人惊讶的，是仍然写得很好。

例如以"冬"为题的四首之一：

> 我爱在淡淡的太阳短命的日子，
> 临窗把喜爱的工作静静做完；
> 才到下午四点，便又冷又昏黄，
> 我将用一杯酒灌溉我的心田。
> 多么快，人生已到严酷的冬天。
>
> 我爱在枯草的山坡，死寂的原野，
> 独自凭吊已埋葬的火热一年，
> 看着冰冻的小河还在冰下面流，

不知低语着什么,只是听不见。
呵,生命也跳动在严酷的冬天。

我爱在冬晚围着温暖的炉火,
和两三昔日的好友会心闲谈,
听着北风吹得门窗沙沙地响,
而我们回忆着快乐无忧的往年。
人生的乐趣也在严酷的冬天。

我爱在雪花飘飞的不眠之夜,
把已死去或尚存的亲人珍念,
当茫茫白雪铺下遗忘的世界,
我愿意感情的热流溢于心间,
来温暖人生的这严酷的冬天。

一九七六年十二月

这首诗,当它还以手稿形式在朋友间流传的时候,引起了安慰和希望:安慰的是,经过将近三十年的坎坷,诗人仍有那无可企及的诗才,写得那样动人;希望的是,虽然这诗的情调是沉静而又哀戚的（试看每一节都以"严酷的冬天"做结），但有点新的消息，恰恰在"严酷"之前端出了"跳动的生命""人生的乐趣""温暖"。当时"四人帮"已倒，虽然党的十一届三中全会还未召开，但人们心里充满了期待，所以朋友们也就觉得这一下好了，穆旦将有第二个花朝了，而且必然会写得更深刻，更雄迈，像《冬》所已预示了的那样。

还可以提出一点：解放前的出色诗人在解放后虽有写诗的，往往写得不及过去；过去写得那样精妙，后来不是标语口号，就是迹近打油了。可见这一过渡是极为不易的。穆旦则不然。他的这首《冬》可以放在他最好的作品之列，而且更有深度。

这原因，据我看是两个。一个是他真的有感，不是一次偶然的冲动，而是长年累月积累起来的深刻感受。另一个是诗艺上的严格。格律谨严，大多数诗行字数一样，脚韵从头到底（每节二四五行之末押韵），不让任何浮词、时髦词、文言词进入。他的诗歌语言最无旧诗词味道，是当代口语而去其芜杂，是平常白话而又有形象的色彩和韵律的乐音。

同时，我们也看到：当年现代派的特别"现代味"的东西也不见了——没有工业性比喻，没有玄学式奇思，没有猝然的并列与对照，等等。这也是穆旦成熟的表征。真正的好诗人，是不肯让自己被限制在什么派之内的，而总是要在下一阶段超越上一阶段的自己。

因此，从任何方面说，《冬》都是一种恢复，又是一种发展。熟人们几乎是像期待济慈的莎士比亚化阶段那样期待着穆旦的新的诗歌年华。

然而这却没能实现。

但是又无须过分懊丧，因为《冬》虽是绝唱，但在它之前却还有数量大得惊人的另一类诗歌是穆旦——查良铮的成绩。这就是他的译诗。

查良铮在五十年代从美国回来之初，利用他在芝加哥学的俄文译了大量普希金的诗：从《波尔塔瓦》《青铜骑士》《加甫利颂》……直到《欧根·奥涅金》。这一阶段过去后，他转向英国浪漫主义诗：雪莱、济慈、拜伦都各有一选集，而最主要的成绩则是拜伦的《唐璜》两厚卷。此外，他在不同时期译过一些英国现代派诗，叶芝、奥登等人所作之外，主要是艾略特的《阿尔弗瑞德·普鲁弗洛克的情歌》和《荒原》。

这三大类作品都是以诗译诗，这是第一特点。不仅译成诗体，而且原诗有格律的，译诗也有格律，这是贯彻始终的。

我为了编一部诗选，曾将《荒原》的前后三个中译本加以比较，结果我发现：良铮所译最好。

也许这是因为艾略特是现代派，性质相近，所以译起来得心应手？

那么，拜伦该是另一种性质了吧。《唐璜》是一部大书，又是一部奇书，既讲故事，又发议论，二者都极精彩。以文体论，这里是英国上层人士讲的那种地道口语，很有风趣，百无禁忌，讽刺，挖苦，表现在诗里的是倒顶点，险韵，外国语，还有其他怪东西——连药方都出现过。当然，还写爱情，写战役，叙述旅行中的奇遇，美景，等等，变化是很多的。对于任何译者，此书是一大考验。上海过去出过一个译本，只是分行写的散文，还有许多错误。

查良铮的译法是：以原诗的意大利八行体为基础，保持其全部脚韵，但在韵的排列上略加变动；保持其口语文体，以及文字上的几乎一切特点（包括成为拜伦讽刺艺术一大组成部分的"倒顶点"），全书十七章十四节一律如此。在全部译稿完成之后——这正是他困处大学图书馆的岁月——他又通读几遍，随时修改，最后才带点自慰地把稿子放在一边，让它"冷却"，准备过一个时期再去加工。

其结果，一部无愧于原作的文学译本在中国产生了。

译者的一支能适应各种变化的诗笔,译者的白话体诗歌语言,译者对诗歌女神的脾气的熟悉,译者定要在文学上继续有所建树的决心——这一切都体现在这个译本之中。

这里有戏剧性的场面:

> 听到惊叫声,唐璜立刻跳起来,
> 　一把托住海黛使她不致栽倒;
> 接着从墙上摘下剑,怒冲冲地
> 　就要惩罚这不速之客的侵扰;
> 兰勃洛直到现在都没有开口,
> 　只冷冷一笑说:"只要我一声叫,
> 立刻就有千把刀子亮在这里,
> 小伙子,不如把你那玩艺收起。"

(Ⅳ.37)

这里有富于浪漫情调的风景:

> 黄昏的美妙时光呵!在拉瓦那
> 　那为松林荫蔽的寂静的岸沿,
> 参天的古木常青,它扎根之处

> 曾被亚得里亚海的波涛漫淹,
> 直抵凯撒的古堡;苍翠的森林!
> 德莱顿的歌和薄伽丘的《十日谈》
> 把你变为我梦魂萦绕的地方,
> 那里的黄昏多叫我依恋难忘!

(Ⅲ.105)

你要另一种笔调吗?请听听这半开玩笑的议论:

> "余何所知哉?"这蒙田的座右铭
> 　也成了最早的学院派的警语:
> 人所获知的一切都值得疑问,
> 　这是他们最珍视的一个命题;
> 自然,哪儿有确定不够的事物
> 　在这瞬息万变的大千世界里?
> 我们此生怎么办!这真是个谜,
> 连怀疑我恐怕都可加以怀疑。

(Ⅸ.17)

这最后一行里出现了拜伦的语言游戏,译者似乎是毫不费力就

穆旦的由来与归宿 / 249

把它移植过来了。同样,拜伦的倒笔也没有难倒他:

> 谁料时间竟把那仙品的醇美
> 一变而为极家常的淡然无味!
>
> (Ⅲ.5)

而当拜伦感喟生死无常的时候,译者的声音也是忧郁而又动人:

> 反正我坟头的青草将悠久地
> 对夜风叹息,而我的歌早已沉寂。
>
> (Ⅳ.99)

似乎在翻译《唐璜》的过程里,查良铮变成了一个更老练更能干的诗人,他的诗歌语言也更流畅了,这两大卷译诗几乎可以一读到底,就像拜伦的原作一样。中国的文学翻译界虽然能人迭出,这样的流畅,这样的原作与译文的合拍,而且是这样长距离大部头的合拍,过去是没有人做到了的。

诗歌翻译需要译者的诗才,但通过翻译诗才不是受到侵蚀，而是受到滋润。翻译《唐璜》的诗人才能写出《冬》那样的诗。诗人穆旦终于成为翻译家查良铮，这当中是有忧伤和曲折的，但也许不是一个最坏的归宿。

一九八七年

国家新闻出版广电总局
首届向全国推荐中华优秀传统文化普及图书

大家小书书目

国学救亡讲演录	章太炎 著 蒙 木 编
门外文谈	鲁 迅 著
经典常谈	朱自清 著
语言与文化	罗常培 著
习坎庸言校正	罗 庸 著 杜志勇 校注
鸭池十讲（增订本）	罗 庸 著 杜志勇 编订
古代汉语常识	王 力 著
国学概论新编	谭正璧 编著
文言尺牍入门	谭正璧 著
日用交谊尺牍	谭正璧 著
敦煌学概论	姜亮夫 著
训诂简论	陆宗达 著
文言津逮	张中行 著
经学常谈	屈守元 著
国学讲演录	程应镠 著
英语学习	李赋宁 著
笔祸史谈丛	黄 裳 著
古典目录学浅说	来新夏 著
闲谈写对联	白化文 著
汉字知识	郭锡良 著
怎样使用标点符号（增订本）	苏培成 著
汉字构型学讲座	王 宁 著
诗境浅说	俞陛云 著
唐五代词境浅说	俞陛云 著
北宋词境浅说	俞陛云 著

南宋词境浅说	俞陛云 著
人间词话新注	王国维 著 滕咸惠 校注
苏辛词说	顾随 著 陈均 校
诗论	朱光潜 著
唐五代两宋词史稿	郑振铎 著
唐诗杂论	闻一多 著
诗词格律概要	王力 著
唐宋词欣赏	夏承焘 著
槐屋古诗说	俞平伯 著
读词偶记	詹安泰 著
词学十讲	龙榆生 著
词曲概论	龙榆生 著
唐宋词格律	龙榆生 著
楚辞讲录	姜亮夫 著
中国古典诗歌讲稿	浦江清 著
	浦汉明 彭书麟 整理
唐人绝句启蒙	李霁野 著
唐宋词启蒙	李霁野 著
唐诗研究	胡云翼 著
风诗心赏	萧涤非 著 萧光乾 萧海川 编
人民诗人杜甫	萧涤非 著 萧光乾 萧海川 编
钱仲联谈诗词	钱仲联 著 罗时进 编
唐宋词概说	吴世昌 著
宋词赏析	沈祖棻 著
唐人七绝诗浅释	沈祖棻 著
道教徒的诗人李白及其痛苦	李长之 著
英美现代诗谈	王佐良 著 董伯韬 编
闲坐说诗经	金性尧 著
陶渊明批评	萧望卿 著
穆旦说诗	穆旦 著 李方 编
古典诗文述略	吴小如 著

诗的魅力		
——郑敏谈外国诗歌	郑　敏　著	
新诗与传统	郑　敏　著	
一诗一世界	邵燕祥　著	
舒芜说诗	舒　芜　著	
名篇词例选说	叶嘉莹　著	
汉魏六朝诗简说	王运熙　著	董伯韬　编
唐诗纵横谈	周勋初　著	
楚辞讲座	汤炳正　著	
	汤序波　汤文瑞　整理	
好诗不厌百回读	袁行霈　著	
山水有清音		
——古代山水田园诗鉴要	葛晓音　著	
红楼梦考证	胡　适　著	
《水浒传》考证	胡　适　著	
《水浒传》与中国社会	萨孟武　著	
《西游记》与中国古代政治	萨孟武　著	
《红楼梦》与中国旧家庭	萨孟武　著	
红楼梦研究	俞平伯　著	
《金瓶梅》人物	孟　超　著	张光宇　绘
水泊梁山英雄谱	孟　超　著	张光宇　绘
水浒五论	聂绀弩　著	
《三国演义》试论	董每戡　著	
《红楼梦》的艺术生命	吴组缃　著	刘勇强　编
《红楼梦》探源	吴世昌　著	
史诗《红楼梦》	何其芳　著	
	王叔晖　图	蒙　木　编
细说红楼	周绍良　著	
红楼小讲	周汝昌　著	周伦玲　整理
曹雪芹的故事	周汝昌　著	周伦玲　整理

《儒林外史》简说	何满子 著	
古典小说漫稿	吴小如 著	
三生石上旧精魂		
——中国古代小说与宗教	白化文 著	
中国古典小说名作十五讲	宁宗一 著	
中国古典戏曲名作十讲	宁宗一 著	
古体小说论要	程毅中 著	
近体小说论要	程毅中 著	
《聊斋志异》面面观	马振方 著	
曹雪芹与《红楼梦》	张 俊 沈志钧 著	
古稗今说	李剑国 著	
我的杂学	周作人 著	张丽华 编
写作常谈	叶圣陶 著	
中国骈文概论	瞿兑之 著	
谈修养	朱光潜 著	
给青年的十二封信	朱光潜 著	
论雅俗共赏	朱自清 著	
文学概论讲义	老 舍 著	
中国文学史导论	罗 庸 著	杜志勇 辑校
给少男少女	李霁野 著	
古典文学略述	王季思 著	王兆凯 编
古典戏曲略说	王季思 著	王兆凯 编
鲁迅批判	李长之 著	
唐代进士行卷与文学	程千帆 著	
说八股	启 功 张中行 金克木 著	
译余偶拾	杨宪益 著	
文学漫识	杨宪益 著	
三国谈心录	金性尧 著	
夜阑话韩柳	金性尧 著	
漫谈西方文学	李赋宁 著	

周作人概观	舒 芜 著	
古代文学入门	王运熙 著	董伯韬 编
中国文化与世界文化	乐黛云 著	
新文学小讲	严家炎 著	
回归,还是出发	高尔泰 著	
文学的阅读	洪子诚 著	
中国文学1949—1989	洪子诚 著	
鲁迅作品细读	钱理群 著	
中国戏曲	么书仪 著	
元曲十题	么书仪 著	
唐宋八大家 ——古代散文的典范	葛晓音 选译	
辛亥革命亲历记	吴玉章 著	
中国历史讲话	熊十力 著	
中国史学入门	顾颉刚 著	何启君 整理
秦汉的方士与儒生	顾颉刚 著	
三国史话	吕思勉 著	
史学要论	李大钊 著	
中国近代史	蒋廷黻 著	
民族与古代中国史	傅斯年 著	
五谷史话	万国鼎 著	徐定懿 编
民族文话	郑振铎 著	
史料与史学	翦伯赞 著	
秦汉史九讲	翦伯赞 著	
唐代社会概略	黄现璠 著	
清史简述	郑天挺 著	
两汉社会生活概述	谢国桢 著	
中国文化与中国的兵	雷海宗 著	
元史讲座	韩儒林 著	
魏晋南北朝史稿	贺昌群 著	

汉唐精神	贺昌群	著
海上丝路与文化交流	常任侠	著
中国史纲	张荫麟	著
两宋史纲	张荫麟	著
北宋政治改革家王安石	邓广铭	著
从紫禁城到故宫 ——营建、艺术、史事	单士元	著
春秋史	童书业	著
史籍举要	柴德赓	著
明史简述	吴晗	著
朱元璋传	吴晗	著
明史讲稿	吴晗	著
旧史新谈	吴晗 著 习之 编
史学遗产六讲	白寿彝	著
先秦思想讲话	杨向奎	著
司马迁之人格与风格	李长之	著
历史人物	郭沫若	著
屈原研究（增订本）	郭沫若	著
考古寻根记	苏秉琦	著
舆地勾稽六十年	谭其骧	著
魏晋南北朝隋唐史	唐长孺	著
秦汉史略	何兹全	著
魏晋南北朝史略	何兹全	著
司马迁	季镇淮	著
唐王朝的崛起与兴盛	汪篯	著
南北朝史话	程应镠	著
二千年间	胡绳	著
辽代史话	陈述	著
考古发现与中西文化交流	宿白	著
清史三百年	戴逸	著
清史寻踪	戴逸	著

走出中国近代史	章开沅 著	
中国古代政治文明讲略	张传玺 著	
艺术、神话与祭祀	张光直 著	
	刘 静 乌鲁木加甫 译	
中国古代衣食住行	许嘉璐 著	
辽夏金元小史	邱树森 著	
中国古代史学十讲	瞿林东 著	
历代官制概述	瞿宣颖 著	
中国武术史	习云泰 著	
小平原 大城市	侯仁之 著	唐晓峰 编
黄宾虹论画	黄宾虹 著	
中国绘画史	陈师曾 著	
和青年朋友谈书法	沈尹默 著	
中国画法研究	吕凤子 著	
桥梁史话	茅以升 著	
中国戏剧史讲座	周贻白 著	
中国戏剧简史	董每戡 著	
西洋戏剧简史	董每戡 著	
俞平伯说昆曲	俞平伯 著	陈 均 编
新建筑与流派	童寯 著	
论园	童寯 著	
拙匠随笔	梁思成 著	
中国建筑艺术	梁思成 著	
野人献曝		
——沈从文的文物世界	沈从文 著	王 风 编
中国画的艺术	徐悲鸿 著	马小起 编
中国绘画史纲	傅抱石 著	
龙坡谈艺	台静农 著	
中国舞蹈史话	常任侠 著	
中国美术史谈	常任侠 著	

说书与戏曲	金受申 著	
书学十讲	白 蕉 著	
世界美术名作二十讲	傅 雷 著	
中国画论体系及其批评	李长之 著	
金石书画漫谈	启 功 著	赵仁珪 编
中国山水园林艺术	汪菊渊 著	
故宫探微	朱家溍 著	
中国古代音乐与舞蹈	阴法鲁 著	刘玉才 编
梓翁说园	陈从周 著	
旧戏新谈	黄 裳 著	
中国年画十讲	王树村 著	姜彦文 编
民间美术与民俗	王树村 著	姜彦文 编
长城史话	罗哲文 著	
中国古园林六讲	罗哲文 著	
现代建筑奠基人	罗小未 著	
世界桥梁趣谈	唐寰澄 著	
如何欣赏一座桥	唐寰澄 著	
桥梁的故事	唐寰澄 著	
园林的意境	周维权 著	
皇家园林的故事	周维权 著	
乡土漫谈	陈志华 著	
中国古代建筑概说	傅熹年 著	
中国造园艺术	曹 汛 著	
简易哲学纲要	蔡元培 著	
大学教育	蔡元培 著	
	北大元培学院 编	
老子、孔子、墨子及其学派	梁启超 著	
新人生论	冯友兰 著	
中国哲学与未来世界哲学	冯友兰 著	
春秋战国思想史话	嵇文甫 著	

晚明思想史论	嵇文甫 著	
谈美	朱光潜 著	
谈美书简	朱光潜 著	
中国古代心理学思想	潘菽 著	
新人生观	罗家伦 著	
佛教基本知识	周叔迦 著	
儒学述要	罗庸 著	杜志勇 辑校
老子其人其书及其学派	詹剑峰 著	
周易简要	李镜池 著	李铭建 编
希腊漫话	罗念生 著	
佛教常识答问	赵朴初 著	
维也纳学派哲学	洪谦 著	
逻辑学讲话	沈有鼎 著	
大一统与儒家思想	杨向奎 著	
孔子的故事	李长之 著	
西洋哲学史	李长之 著	
哲学讲话	艾思奇 著	
中国文化六讲	何兹全 著	
墨子与墨家	任继愈 著	
中华慧命续千年	萧萐父 著	
儒学十讲	汤一介 著	
汉化佛教与佛寺	白化文 著	
传统文化六讲	金开诚 著	金舒年 徐令缘 编
美是自由的象征	高尔泰 著	
艺术的觉醒	高尔泰 著	
中华文化片论	冯天瑜 著	
儒者的智慧	郭齐勇 著	
中国政治思想史	吕思勉 著	
市政制度	张慰慈 著	
政治学大纲	张慰慈 著	

民俗与迷信	江绍原 著	陈泳超 整理
政治的学问	钱端升 著	钱元强 编
从古典经济学派到马克思	陈岱孙 著	
乡土中国	费孝通 著	
社会调查自白	费孝通 著	
怎样做好律师	张思之 著	孙国栋 编
中西之交	陈乐民 著	
律师与法治	江 平 著	孙国栋 编
中华法文化史镜鉴	张晋藩 著	
新闻艺术（增订本）	徐铸成 著	
中国化学史稿	张子高 编著	
中国机械工程发明史	刘仙洲 著	
天道与人文	竺可桢 著	施爱东 编
中国医学史略	范行准 著	
优选法与统筹法平话	华罗庚 著	
数学知识竞赛五讲	华罗庚 著	
中国历史上的科学发明（插图本）	钱伟长 著	
创造	傅世侠 著	
数学趣谈	陈景润 著	
科学与中国	董光璧 著	
易图的数学结构（修订版）	董光璧 著	

出版说明

"大家小书"多是一代大家的经典著作,在还属于手抄的著述年代里,每个字都是经过作者精琢细磨之后所拣选的。为尊重作者写作习惯和遣词风格、尊重语言文字自身发展流变的规律,为读者提供一个可靠的版本,"大家小书"对于已经经典化的作品不进行现代汉语的规范化处理。

提请读者特别注意。

北京出版社